6TEEN

シクッスティーン

［日］石田衣良 著
王鹏帆 译

广西师范大学出版社
· 桂林 ·

目 录

001   鬼屋婆婆

025   克莱因精灵

053   夕菜的忧郁

077   与手机作家的邂逅

099   Metro Girl

119   Walk in the Pool

143   秋日的长椅

171   黑发魔女

197   Sweet Sexy Sixteen

223   十六岁的别离

鬼屋婆婆

熙熙攘攘的黄金周[1]落幕后，月岛[2]又恢复它往日的宁静。在连休的这几天中，西仲通[3]所有的文字烧店[4]（终于超过一百家了呀！）就像早高峰时的车站那样繁忙。当然喽，我们这些原住民只能默不作声地蛰伏在背街小巷里，等待人潮退去。

　　气象播报员说五月是十二个月中最好的月份。像那种日子——不冷不热，无雨无云，既没有台风也没有低气压，不刮大风，湿度也正合适的——在一年中屈指可数。用英语说，应该就是所谓的"Beautiful Day"吧。这种日丽风和的日子最有可能在熏风解愠的五月出现。

1　在日本，四月至五月间因为有多个节日，组成了公众假期，通常会放假一周左右。——译注
2　明治时期于东京都中央区南部填海形成的地区。——译注
3　日语中"通"有街道的意思，西仲通以文字烧闻名，所以又名"文字街"。——译注
4　日本的一种将白菜、面糊等配料放在铁板上烧烤的小吃。——译注

但不管这Beautiful　Day是怎样的Beauty，对高一的学生来说也是毫无价值的。什么晴空、日照、气温、湿度，与日积月累、积土成山的无聊比起来，只不过是浮云而已。天气再好，也无法将十六岁少年那如同湿衣服般的心情一晒而干。

最近我们将聚会地点定在了一家叫"向阳花"的文字烧店。想要叫人出来玩时就会问对方："日子快发霉了，要不去向阳晒晒？"

这还是贫嘴的阿大先想出来的，听得多了，我们也习惯了这种说法。但请别搞错，那家店和杂志上的特辑介绍的口碑店完全两样。

首先那家店的地址就不怎么好找。像我们这种土生土长的月岛原住民，在初次来到那家店时也不禁愣了一愣。走进"文字街"上的小路，拐进一排普通民宅的角落里，这才看到那家店古怪的招牌。说是招牌，其实只不过是在空啤酒箱上贴着一张图画纸，外面再罩上一个塑料袋而已。图画纸上画着一朵很难看的水彩向日葵，下面还用笔写着"向阳花　文字烧"几个字。

推开那扇哐哐作响的毛玻璃移门，就能看见两张摆放在水泥地上的桌子，地上湿答答的，没铺地板。里头还有三张榻榻米铺成的混座，榻榻米上放着两张和室使用矮腿桌。总之就是这么一家小店，店里一共只有四块锈迹斑斑、不知道贵庚几何的铁板。

不光是店里的那些摆设老旧，独自经营这家店的店长也足以位列"古董"之列。谁也看不出佐知婆婆到底有多少岁，只知道她的耳朵已经不太好使。每次点东西，她都要反复问好几次。我记得公园角落里有一棵参天大树，婆婆早已失去弹性的皮肤就像大树干枯皲裂的树皮。佐知婆婆已经老成这样了，但不知道为什么总是喜欢穿印花的连衣裙，而且她喜欢用颜色鲜艳的眼影，还把一张嘴涂成了血盆大口。若是走夜路的时候碰到她，一般人肯定会以为自己见鬼了。正因为如此，月岛这一带的主妇们总是会编一些有影没影的笑话来嘲笑佐知婆婆。

"向阳花"自有它的优点，不然我们也不会把这里当成秘密基地。比如在黄金周最热闹的那几天，文字街上是摩肩接踵，向阳花前却门可罗雀，店里除我们外根本没有别的客人，那几个铺榻榻米的混座几乎变成了我们的VIP包间。而且这里的价格便宜得离谱，不禁让人怀疑是不是菜单上的数字印错了。什么也不放的酱汁原味文字烧，一份只要一百五十日元。没钱的时候我们就点上一份，把素面糊倒在铁板上，写上自己和喜欢的偶像的名字（绫濑遥[1]或者苏珊娜[2]）发挥文字烧"文字"的功效。咬上一口烤得焦焦的姓名文字烧，别提有多好吃了。

我们几个死党围着铁板，度过了一年中最舒服的那几天。等到钱包有两块赘肉的时候，就会点一份加鸡蛋和白菜的面糊。

矮桌上摆放着一排淡绿色的汽水瓶。阿润看到阿大打了个哈

---

1 广岛县出生的日本女演员、歌手。2008年因主演电影《我的机器人女友》获第21回日刊体育电影大赏主演女优赏。——译注
2 苏珊娜（スザンヌ，Suzanne），本名山本纱衣，日本当红偶像，三人女子组合"PABO"的成员之一。——译注

欠，就问他：

"最近你怎么总是一脸瞌睡相？"

大概因为又提到了"睡"这个字，阿大又打了一个大大的哈欠，眼眶里还泛起了泪花。

"我也没办法啊，这么早就要爬起来工作，下午回来小睡一会儿，又要去夜校上课。谁让我是好学生呢。"

阿大、阿润、直人和我号称铁杆四人组，意气相投，都喜欢讲闷笑话。我们从月岛中学毕业后，各自进入不同的高中就读。中考前的那段时间有多黑暗，凡是过来人都心里有数，所以大家在聊天的时候都尽量回避这个话题。再说考试又有什么好聊的。

"阿大的确很厉害啦，为了上高中几乎没怎么休息。"

阿大白天在筑地鱼市的一家海产批发店工作，此时他正靠在油腻腻的矮桌上，用手托着腮帮。用手托着的那张脸已经变得有些像大人了。

"嗯，不愧是同校的哥们儿，哲郎真了解我。"

我每天都要骑自行车穿过佃大桥，到邻近的新富镇的都立高中上学。那所学校以前以升学率高而闻名，但现在只是一所校园生活十分惬意的普通高中。在该校读书，我自然觉得十分悠哉。阿润拿起瓶子喝了口汽水说：_

"了解，了解。哲郎和阿大在同一所高中读书，但你们晚上的生活就不一样了吧。如果我也能上普通的都立高中就好了。没有制服，校规也很松，还能和女孩子一起上课。"

阿大用他那肥香肠一样的手指戳戳阿润的肩膀说：

"嘿嘿，我看你羡慕的是最后一项。"

"对了，阿润你就读的开城高中[1]是东京升学率最高的高中吧？今年有几个考进东京大学的？"

"好像有一百七十多个。"

"哇！这么强大。开成不如去当东大的附属高中算了。"

"这么玩命地学是为了什么哦。"

"还不是想捧铁饭碗么，我们班里想进财务省当官的家伙可是一抓一大把呢。"

"唉，和你们这些变态比起来，我还是觉得市场里那些成天打小钢珠、张口赌马闭口喝酒的大叔们比较正常。"

"阿润你成绩怎么样？这才是最重要的。"我插嘴问道。

"中上。"

"如果这个成绩一直保持到毕业的话……"

曾经的月岛才子有些无聊地说：

"嗯，如果不选别的学校，应该能考上东大吧。"

阿大把烤焦的文字烧送进嘴里，笑着说：

"那你将来可就是社会名流了，不如现在就给我们签个名吧。"

"帮帮忙，别恶心人了。直人这小子怎么还没来？"

1　现实中的"开成高中"是一所私立名牌男校。——译注

我看了看手机，发现已经快四点半了。直人进了一所私立贵族学校，搭乘有乐町线就能直达。或许是因为直人身患早衰症，所以直人的妈妈为他选了一所不用为高考操心的学校。

移门发出咵咵的响声，阿大抬头说：

"直人，你小子……"

出现在门口的是一个戴墨镜的女人。那女人上身套着一件像丝袜那么透的白T恤，胸型尽显无疑，真是性感。牛仔裤是低腰的，晒黑的肚脐和肚脐上那只闪闪发亮的脐环分外显眼。她是头一个独自光顾这家店的女客。

女人拖着一个行李箱，走进店后便摘下墨镜四处张望。她应该有三十岁了，虽然打扮得很年轻，但眼角的鱼尾纹却出卖了她。阿润有些蠢蠢欲动，自从他结束了与人妻玲美的那段短命恋情后，他就发觉自己喜欢年长的女人。

"这家店还是老样子呀。"

佐知婆婆还窝在她那个小柜台的后面，到现在都没发觉有客人来了。说起来，她都把我们晾在这里二十多分钟了，还没把菜送上来。

"让你们久等了。"

玻璃移门又响了，这次换成直人一个箭步蹿了进来。他好像又长高了一些，但身形仍旧那么纤薄，满脑袋都是半白的头发。直人避开站在店里的女人，走到我们的身旁小声问：

"她是谁啊？"

我们三人摇摇头。我们只知道那女人身材好得像以前海报上的泳装美女，至于她的来历则一概不知。直人用即使是耳背的婆婆也能听到的大嗓门喊道：

"来一瓶汽水！"

出乎意料的是，回应直人的不是佐知婆婆，而是那个身份不明的女人。她熟练地从冰柜里拿出一瓶汽水，掀开瓶盖，送到我们桌上。那女人走路时，一对美乳会随着步伐上下起伏。我不禁感慨，同样是脂肪，与阿大胸口的那堆肥肉相比，这差别也太大了。直人的脸唰的一下红了，忙把头别过去，不去看她的胸口。

"请用吧。"

接着那女人回过头朝柜台里喊道：

"妈妈，给客人拿加冰的杯子。"

我们被雷翻了，四双眼睛齐刷刷地盯住了她薄T恤下绷紧的后背。股沟上方有一个青紫色的机雕文身，图案不大，是一对张开的天使翅膀。佐知婆婆拿着杯子走过来说：

"是你呀，拜托你回家前通知我一声，真是的。"

老树竟能开出这么漂亮的花，这真是人类的奇迹！阿润硬装出一口绅士腔问道：

"佐知婆婆，这位女士是谁啊？"

身穿印花连衣裙的婆婆把杯子"啪"的一声放下，然后开口道：

"泼出去又流回来的水。"

穿T恤的女人在一旁笑笑说：

"森安美沙绪，这家店的独女。几位是常客吧，请多多关照啦。"

她说话的时候把手放在腰上，模仿玩伴女郎[1]做了一个点头的动作。我们仍旧坐在位子上，纷纷颔首回应。阿大戳了一下身旁的直人说：

"开运咯，今年春天还真是Lucky！"

阿润立刻回嘴道：

"这跟你这种有主的人无关吧。"

阿大正在跟一个名叫夕菜的高中女生交往。他们是在新宿的俱乐部里认识的，对方还带着一个男婴。当然，孩子的老爹不是阿大。

"关照你个头！走的时候不打招呼，回来的时候也不打电话。你又不是猫猫狗狗，你当老娘这里是什么地方，要来就来，要走就走？"佐知婆婆突然生气地说。

美纱绪也不甘示弱：

"哼，还说我呢。你不是也让男人给跑了！"

午后光线昏暗的屋内，两个女人眼里冒着火花，一触即发。她们大概早就把我们四个忘到九霄云外了。女人一旦翻脸还真是可怕，尤其是像月岛这种乡下地方的女人，更是格外凶悍。阿大

1　《花花公子》的封面模特，每月一人，年底评选年度玩伴女郎。——译注

见势不妙，急忙打圆场说：

"拜托两位别吵了，还是快点上菜吧。直人，你也别傻坐着，快点几个好吃的。"

直人连忙拿起挂在墙上的手写菜单。

"那，来一个加模范生干脆面的明太子芝士文字烧。"

"好嘞好嘞。"佐知婆婆嘟囔着说。

美纱绪抹了一把脸嗔道：

"别开玩笑了，要本姑娘在这种破店里帮忙，门都没有。"

说完，她就拎着包摔门而去。那扇玻璃移门咣咣直响，差点被她摔碎了。阿润带着一副泫然欲泣的表情，小声嘟囔着说：

"哎，不会吧。好不容易碰上这么漂亮的姐姐，就这么走了啊。"对于这样的结局，我们这位未来的东大生感到无比遗憾。

"阿润，你不会这么快就看上那个姐姐了吧？"

"怎么不会啊？我们阿润对高中小丫头可没兴趣。你没看见姐姐肚子上的脐环和腰上的文身有多辣吗？"

说这话的时候，阿大鼻孔圆张，显得特别兴奋。

"当然看到了，还有那对美乳。"

"好吧！不管是死是活，美纱绪小姐我是追定了！"

看来我要重新估量阿润的勇气了，这小子并不是个只会死读书的书呆子。其实成绩什么的我并不在乎，但一碰到这种事，我的自卑感就油然而生。唉，或许不拿出碰一鼻子灰的觉悟，还真追不到女孩。

"总觉得今年夏天会留下美好回忆的，真令人期待呀。"

阿润乐得合不拢嘴，拿起汽水瓶一饮而尽。

到了该走的时候了。"向阳花"的文字烧只不过是晚饭前的开胃小菜。十六岁时的食欲竟会如此旺盛，这让我们自己都觉得不可思议。阿大一天吃七顿，每顿都能吃得精光。

这顿饭每人出了四百日元。结完账后，佐知婆婆问我们：

"喂，小子们，晚上有空吗？"

阿大看看手表，回答道：

"我没空，六点钟还要上课。"

"那你们呢？"婆婆转过脸问我们三个。被佐知婆婆斜睨着，那感受不亚于看恐怖片呐。

"不行，我们必须回家吃饭，不然老妈会唠叨的。"

直人的贵妇妈妈肯定已经做好了豪华大餐，端坐在位于三十四层的豪华公寓中等待乖儿子回家享用。她大概连晚餐中富含多少维生素、多少矿物质都算得清清楚楚——这一点我可没夸张哦。

阿润戳了一下我的侧腹说：

"这家伙和我没关系。我们只要往家里打个电话，说晚点回来就行了。是不是啊，哲郎君？"

"射人先射马"，我突然想起了中考时出过的题目，大概是因为现在的情形跟这句话很相配。这个人一旦有什么稀奇古怪的表现，通常是因为他的爱好不太正常。不过仔细一想，我们四个平时在一起总是嘻嘻哈哈的，根本就没正经过。

"是吗？那你们跟我进来吧。"

望了一眼阿大和直人消失在转角的背影，我和阿润跟着婆婆来到小店的后堂。佐知婆婆一把掀开了罩在墙上的蓝色塑料布。我不禁惊呼起来：

"哇！好厉害。"

微波炉、显像管电视、烤面包炉、录像机、带音箱的立体功放——就像一座用电子产品组成的俄罗斯方阵。阿润也看傻眼了，便问道：

"这些都是婆婆你搜集的？"

穿着连衣裙的老太太此刻无比自豪，她指着那面电器墙说：

"是啊。这些东西和我一样都还能用，状态好得很呐！"

唉，这话容易让人产生歧义。我可不愿想象佐知婆婆的用处。

"现在的电器呀，换个外壳就说是新产品，就拿出来卖了。那些旧家电明明还能用，却都被扔掉了，真是太可惜了。"

阿润开始开始施展他的"拍马功"。

"我觉得越老的东西越应该珍惜。"

我真是败给他了。阿润这小子，为达目的还真是不择手段。

"佐知婆婆，你叫我们来有什么事吗？"

"我家的电视机有毛病了，所以想让你们帮我搬台新的回去。婆婆的脚不中用了，搬不了重东西。干完了请你们吃顿晚饭当作酬劳怎么样？"

　　我和阿润费了好大劲儿，才从电子墙里挖出一台二十一英寸的电视机，并搬到三轮车上。佐知婆婆检查了一下没问题，就催促我们快走。我看到她一溜小跑，两腿根本不像是有病的样子。

　　婆婆绕到店门口，锁上了大门。"向阳花"的开店时间随婆婆的心情而定，看样子今天是要提早关门了。

　　也就才一年的时间，月岛镇里的高层公寓像杂草一样疯长。三十层以上的建筑已经快超过二十座了。附近大部分地方以前都是农田，现在西仲通两旁又有不少高楼接近竣工，造一栋大厦的速度快得让人诧异。稍不注意，那些楼房就像敲钉子似的哐当一声插在地基上，巍然矗立了。

　　穿着连衣裙的佐知婆婆在小巷中悠然阔步前行。我们骑着三轮车，又想避开大街上的人群，选择背街的小巷是明智之举。这条路我们天天走，但还是有很多连我们都不知道的小路。左弯右拐，最后我们来到了一座被绿色垣墙环绕的停车场。那停车场面积很大，但在正中间居然还残留着三间破破烂烂的平房。

　　平房总体向右倾斜十五度。右面的墙壁上插着两根像支架一样的强化柱。这几间平房是本地有名的鬼屋，佐知婆婆居然一个人住在里面。三间平房的首尾两间是空着的，窗户上贴着黑纸和胶合板。

　　哐啷哐啷声中，佐知婆婆转动门锁，拉开移门招呼我们道：

　　"到了，就是这里。快进来。"

婆婆拉了一下房间正中的灯绳，灯泡发出暗黄色的柔光。十平米大小两室内的全景顿时出现在我俩的眼前。墙上挂满了女装专用的衣架，这应该都是美纱绪小姐的东西吧。

我们脱下运动鞋，踏上柔软起毛的草垫，把那台十四英寸彩电的配线摘下来，换上了新的配线。婆婆在房间角落里一个狭窄的流理台上，用两台微波炉给我们做晚饭。干萝卜烧汤，厚烧蛋，还有早上剩下的酱汤，比较像样的菜只有酱油炒红肠。

"装好啦，画面清楚吗？"

婆婆按了一下遥控器上的启动键。想不到这台外面捡来的彩电在播放晚七点的新闻时，画面居然非常清晰。画面上那位长得不是很漂亮却很耐看的NHK女主播正注视着镜头告诉观众，明天是入夏以来最热的一天。我们和婆婆说了一声，然后分别给家里打电话说有人请客，不回来吃饭了。这种情况差不多每周都会出现一次，所以父母也不是很在意。何况我家那两位听说是和"开城的阿润"一起吃饭，自然没有意见。

"那就开吃吧！"

阿润伸手就夹了一块炒香肠。这道菜让我想起了小学远足时吃的盒饭。吃饭时，阿润频频向我使眼色，他肯定是想让我问一些有关美纱绪小姐的事。唉，没办法，我只好装傻问佐知婆婆：

"婆婆，什么叫泼出去又流回来的水啊？"

佐知婆婆往还剩一半米饭的碗里舀了几勺酱汤，又夹了点青菜和鸡蛋。她一边咯吱咯吱地嚼着自家腌制的酱菜，一边往嘴里扒菜泡饭。

"隔了大半年才给我打电话，居然一开口就说自己离婚了，你说过分不过分？撇下我一走就是三年，那孩子无论是结婚还是离婚都没跟我商量过。"

听到"离婚"这两个字，阿润立刻来了精神。

"美纱绪小姐看上去可真年轻，她今年多少岁了？"

"唔，我想应该有三十二了吧。"

阿润这小子一定在饭桌下捏紧了拳头。通常只有在投手投出好球和足场上领先对方两分时，才能看见这种手势。

"佐知婆婆你一个人看店，一个人生活，肯定很寂寞吧。美纱绪小姐回家陪你不是挺好……"

我还没说完，阿润就插嘴道：

"如果美纱绪小姐能来看店，向阳花肯定会有很多客人的。"

佐知婆婆若有所思地盯着我们。

"男人就是男人，不管是死老头还是死小鬼。老娘可不寂寞。"

住在鬼屋里的婆婆撇嘴一笑说：

"这块地马上就要建高楼了，就剩老娘一家留在这里当钉子户。房产公司的小哥每天都会上门拜访，你说老娘怎么会寂寞？"

说起"钉子户"，好像又回到了泡沫经济时代。虽然月岛这个地方直到二十一世纪才开始产生经济泡沫，但这里产生的泡沫不光是指房产泡沫，还有像雨后春笋一样不断涌现的文字烧店铺。

"房产公司啊，那不是很无聊吗？"

佐知婆婆沉默不语，她注视着挂在门楣上的连衣裙，上面印着一朵向日葵。

"等到你们和亲人吵架的时候就明白了，老那么吵来吵去，还不如跟毫不相关的人聊聊房价来得开心呢。"

我联想到自己家里，有些时候的确就像婆婆说的那样。月岛这地方有无数间公寓，那肯定也会有很多相处别扭的家庭。

想不到婆婆的话会这么严肃，这让我们两个顿时无话可说。在电视声音的背景下，我们狼吞虎咽地吞下了第二碗饭。耳边的广告里说幸福的家庭应该有"比物品更重要的回忆"，相应地就出现了一家人坐在新车上兜风的画面。

或许是因为刚才的气氛有些尴尬，我和阿润打算吃过晚饭就回家，但佐知婆婆似乎没有这么快就让我们走的打算。她频频起身去拿汽水和冰激凌，想挽留住我们，看来不请自来的房产公司小哥也无法化解婆婆心中的寂寞，她还是很想找人陪自己聊聊天啊。眼看天色越来越晚了，我们突然觉得有些悲凉。

大概快到九点的光景，木框玻璃窗外传来了车轮碾过路面的咯吱声，接着门铃就发出了吓死人不偿命的巨响。

"妈妈，是我啦！"

听见女儿在外面大喊，佐知婆婆连眉毛都没动一下。她气定神闲地对我说：

"麻烦你去替那家伙开一下门。"

我站起来，扭开门上的插销。一拉开门，就看见美纱绪小姐站在门外。她在T恤外面罩了一件镶满银色人造钻的蓝色牛仔衫。牛仔衫有些发白，大概是经过做旧加工。

"呀，你是刚才那个孩子。"

阿润迫不及待地跑过来自我介绍说：

"我是开成学院[1]的学生内藤润，这小子叫北川哲郎。"

一脸疲态的美纱绪小姐笑笑说：

"我那烦人的老妈就有劳两位多多关照啦。"

身后的佐知婆婆听到后说：

"你来干吗？"

"我不可以来吗？这是我的家呀。女儿有难，做母亲的难道不应该帮把手吗？妈妈你老这么不近人情，所以才孤苦伶仃地一个人生活。"

在平房内唯一一盏六十瓦灯泡的照射下，佐知婆婆的背影看上去是如此的暗淡。

"快走吧，你是有事才会想到老娘，回来肯定没好事。在屁股上画刺青这么大的事，也没跟当妈的吱一声。"

阿润试图给两人打圆场，便说：

---

1 日本的"学院"不同于中国的单科大学，是"学校"的异称。——译注

"佐知婆婆，那不是刺青，是文身。是时下流行的一种装饰。"

"你！闭嘴。你！给我滚！"

"咣当！"美纱绪小姐用她穿凉鞋的足尖狠狠踹了一脚移门，玻璃摇晃的巨响在空旷的停车场中回荡。

"你以为我乐意来啊！这种破房子有什么好的，走就走！你就一个人死在里面好了！"

美纱绪小姐拉开移门，快步走出玄关，她的后背看上去就像石板一样僵硬。阿润套上运动鞋，对我说：

"我去追美纱绪小姐，哲郎你照顾一下婆婆。"

我刚想说等等，但阿润却跑得比兔子还快。说得可轻松，我可不懂怎么照顾正在气头上的老人家。凭什么阿润能去追大胸美女，而我却要在破房子里照顾装嫩的老太婆呢？

接下来的时间就好像凝固了一样，我没勇气说要回家，只能一口一口地去吸那还没喝完的汽水。电视里正没完没了地播放着打扫浴室的小窍门——真是的，黄金时段怎么会有这么无聊的节目。刚才还略显拥挤的房间现在却变得十分空阔，我和佐知婆婆两人就坐在屋里大眼瞪小眼。

大概过了十五分钟左右，佐知婆婆突然开口道：

"那丫头走了啊。"

美纱绪小姐不在，婆婆的声音也不如刚才那么有劲头了。她一骨碌支起身，朝门楣的方向走去。那条向日葵花色的连衣裙大概是用雪纺绸做的，看上去很通透。青紫色的面料上绣着一朵鲜艳的黄花。婆婆捏住连衣裙的下摆，她那被织物覆盖的手掌也变得非常光滑，就像年轻女性的那样纤细。

"真是让人头疼啊，我也不想跟那孩子搞得这么僵。我为什么一直穿着这种根本就不合衬的衣服，她就看不出来吗？"

我惊得几乎嗓音都变了，原来从"妖怪婆婆"的嘴里，也能听到一个普通老人会说的话啊。

"你去别人家看看就明白了。不光是房子或者电子产品，无论什么东西，放久了就会变质。这条轻飘飘的裙子也一样。唉，如果东西想要耐久，那就需要人时常打扫和维护。经常用手去擦拭，掸掉上面名为时间的灰尘。"

面朝墙壁的佐知婆婆转过头来。就在此刻，一个奇迹在我眼前展现出来。几张女人的面容与佐知婆婆那六十多岁的苍老容颜重叠在一起。四十岁、二十岁甚至十几岁的"佐知小姐"就像阳光照射下的三棱镜一样闪闪发光。

"路边捡回来的电视、这间破房子和屋里的这些旧衣服都没有变。所以呀，我们这些大活人也要记得时常清理自己身上的尘土，以崭新的面目示人。唉，婆婆又说了这么多废话，真是烦死人了。走吧。"

婆婆轻快地走出门外，她的灵活劲儿简直吓了我一大跳。看来她老人家的身体是好得不能再好了，像搬电视机这种事根本就难不倒她。

"您要到哪儿去呀？"

佐知婆婆抿起那张血盆大口，诡异地一笑说：

"去找美纱绪。那孩子一闹别扭就会躲到隅田川的堤防上去。人就是这样，江山易改，本性难移。"

佐知婆婆和我踏着夜色，行走在昏暗的街道上。我们大概只走了五分钟，就来到了隅田川旁。登上通往水泥堤防的台阶，旋即就听到了涛声，嗅到了海水的味道。隅田川的河岸上铺着漂亮的石板，以供游人散步之用。远处胜关桥上蓝绿色的照明灯光映照在夜晚的河面上，漆黑的水面被点缀得炫彩缤纷。

美纱绪小姐和阿润正靠在近河的护栏上。见我们来了，阿润好像很遗憾地说：

"哎，你们这么快就来了啊。"

"扫了你的兴，真不好意思。是我一定要让婆婆来的。"

婆婆笑着拍了拍我的肩膀，默默地表示谢意。

"唉，老人家就是这么麻烦。"

阿润用他那没大没小的腔调开口说道。微波轻拍着河堤，仿佛是在打着拍子，充当现场的背景音乐。

"我没说错。人一旦上了年纪，言行就变得十分拘谨。唉，真是让人着急上火。婆婆今晚为什么要把我们叫到家里来？还不是怕一个人面对美纱绪小姐会没话说。"

原来如此。怪不得吃完了晚饭，婆婆还不让我们回家。阿润这小子很聪明，我相信他的推论。

"我从美纱绪小姐那里听说了。每次吵完架她都会到这里来大哭一场，但每次哭了不到三十分钟，佐知婆婆就会来找她。"

站在我身边的佐知婆婆笑着问道：

"你今年多大了？"

"Sixteen，十六岁。"

"婆婆敢保证，就算再过三十年，她还会因为同样的理由和我吵架。人到了这个岁数，有些东西是很难改的。不光是我，这孩子也是。小的时候她喜欢上了一个没骨气的混混，我当然不同意她和那个混账东西结婚，但她那时候像被鬼迷上了似的，明知前面有个大坑也毫不犹豫地往里跳。"

美纱绪小姐的肩膀微微颤抖，她看上去有些冷，下意识地抱起了双肩。

"妈妈你还提这些干吗？你不是也和我一样吗？"

"唉，你说的没错。我是比你还要蠢的女人。找了个没用的丈夫，到最后还落得一个被卖掉的下场。虽然我不觉得有什么丢人的，却给美纱绪带来了不少伤心的童年回忆。女儿，对不起。"

原来有关佐知婆婆的那些中伤并非空穴来风。这都和婆婆过去曾经被迫从事的职业有关。我和阿润不由吃了一惊。

一旁的美纱绪小姐说：

"这些事就别提了，还不都是为了我嘛。"

佐知婆婆将目光投向隅田川对岸。一座座亮丽的高层建筑就像光塔一样，垂直矗立在河对岸的空地上，看上去就像是一道玻璃溪谷。佐知婆婆扑哧一声笑着说：

"呵呵，这怎么说呢。正因为我活了这么大岁数，所以才不相信有人是全心全意在为别人活着。我想不管是谁，在做什么事情，恐怕有一大半的人都是在为自己。这个人呀，不就是这么一回事吗？"

"妈妈。"

美纱绪小姐哭着扑向佐知婆婆。婆婆抚摸着她漂亮的茶色头发，安慰她说，你这丫头小的时候多漂亮啊。

"你这丫头也真是死要面子。裕子都打电话告诉我了，说你在她家住了好几天。干吗一定要到万不得已的时候才想起妈妈呢？"

"对不起，因为当初走得那么坚决，结果这么快就离婚了，我还以为你不会让我回来了呢。"

刹那间，佐知婆婆看了我一眼，笑着点头说：

"一直以来，你都觉得当我的女儿很丢人，是吧？这种靠出卖肉体为生的母亲根本就不值得相信。但我想让你明白，再差劲的母亲，她这一生始终都是你的母亲。来吧，我们回家。你肯定有很多话想对我说，今晚我们就好好聊聊你那个没用的前夫。"

美纱绪小姐搂着佐知婆婆的肩膀，行走在波涛声中。阿润拎着美纱绪小姐的手提箱，跟在后面。我双手落得轻松，便抬头望着那"灯明星稀"的东京夜空，往前方走去。

走在堤防的台阶上，佐知婆婆忽然回头问道：

"润君，你是不是看上我家美纱绪了啊？"

嗜好熟女的秀才大模大样地回答道：

"Bingo！婆婆你说得没错！"

"那你这辈子可有罪受了，找个普通点的女孩子难道不好吗？"

阿润瞅了我一眼，笑笑说：

"小屁孩不懂，女人是要过了三十岁才会有魅力的。"

佐知婆婆在堤防上站定，她身上那条连衣裙被风吹起，就像盛开的鲜花一样轻舞飘扬。裙下两条大白腿一闪而过，好在光线太暗，大腿以上的部分没看清，否则我会做噩梦的。

"你小子可别说大话。美纱绪不算什么，你要连老娘的魅力都能看清，那才是真有品位呢。怎么样？要不要让你们见识见识？"

美纱绪小姐小声说：

"妈妈，你可别教坏小孩子啊。"

"佐知婆婆，饶了我们吧！"我和阿润异口同声地大喊道。

"如果您让我们见识，那我们再也不来吃文字烧了！"

四个人在河风的吹拂下放声大笑。我默默地望了一眼对岸的筑地和银座那明晃晃的摩天大楼，走下表面镶嵌着点点碎石的水泥台阶，回到了我们居住的宁静家园。

克莱因精灵

十四岁过去两年了，我现在是一个高中生了。

跟初中相比，高中有着很大的不同。在高中，就连一年级的
教室也很亮堂。月岛中学的校园就像块荒草疯长的大空地，相比
之下邻镇的新富高中虽然不是什么精英聚集的名校，但就读的学
生也都是经过筛选的。在这所资历平平的都立高中里，你找不到
初中时那种悠然的田园氛围。

校舍看上去离危房只有一步之遥，水泥墙面早已支离破碎，
操场也极富都心学校特色，其窄小的程度让人觉得伸伸腿都很奢
侈。要说社团呢，虽然也有两个徒有其表的棒球社和足球社，但
操场这么小，根本就无法尽情地进行训练，其成绩可想而知。

初中时代的"铁杆四人组"中，只有阿大和我进入这所高中
就读。秀才阿润选择了东京的名校，而成绩和我差不多的直人因
为家里有钱，被送进了一所私立教会学校。教会学校毕业的学生

可以直读大学，真是让人羡慕不已。可能你会说，有阿大和我同校，那就不会无聊了吧。想得美，那小子上的是晚上六点开课的夜间班。

我不喜欢运动，对社团中的上下级关系也很迟钝，所以只能加入"回家社"，成为班级中无所事事者的代表。像我这样的"候补"，只能远远地观望着那些运动细胞发达、长得又帅、人缘又好的"生力军"。但我却对这种状态感到十分满足。

候补也有候补的同伴。町山正秋就是我进入高中后交到的第一个朋友。虽然他在"生理"上的情况有些复杂，但正秋的确是个不错的朋友。所以这篇讲的就是我在高中里交上朋友的经历。虽说高中只是大学的跳板，但也不缺真正的友情。如果你是在上学途中读这篇故事的，那篇幅不长不短刚好够你到站。

第一次和正秋搭腔是校舍的走廊上，当时我正在去柔道训练场的途中。话说梅雨季的某日，雨丝细弱无声。人走在屋檐下会感到连空气都是湿漉漉的，黏糊糊地包裹在肌肤上，实在很不舒服。这时我看到了一脸焦虑的正秋，两手抱在胸前，站在那里喃喃自语，不知在说些什么。他此刻的心情充分体现在肢体语言和表情上，本人有多发愁，光是看看就能了解得一清二楚。

"唉……柔道啊，一定要学吗……学校也真是的。"

正秋的话让我觉得很奇怪，他那奇妙的停顿里似乎别有他意。但毕竟是同学嘛，总不能视而不见，于是我便上前搭腔道：

"是啊，什么体落、内股、横四方固[1]。我看根本就没必要学嘛。"

正秋长得倒是挺高，大概有一米八左右，但身形单薄。那些嘴巴很贱的家伙就给他取了一个绰号，叫"Balsa"。听清楚了，不是罗纳尔多所属的"FC巴塞罗那"，而是做航模时用到的那种轻薄木材"巴尔杉"。

"其实，橄榄球什么的……我也很讨厌。"

铺着榻榻米的地板很柔软，任他们怎么摔也不会受伤。所以在五点的柔道课开始前的休息时间里，班上的"生力军"们就开始模仿热门漫画[2]，玩起了迷你版的橄榄球赛。

我和正秋晚到一步，走进柔道场时他们玩得正欢。就在我们两人正打算混进观众群里观战时，棒球部的横井喊道：

"刚好人不够，巴尔杉和哲郎，你们两个过来。"

留着中分、一身黑皮的横井总喜欢用前辈的口吻对人发号施令。

班上男生的视线一瞬间都聚集到我俩身上。我与正秋对视了一眼，正秋脸上流露出明显的抗拒，甚至还有些呼吸困难。

"……那好吧。"

我是一万个不情愿，但迫于压力只能答应。在我看来，这种"邀请"和警察叔叔请你去喝茶没什么区别，你根本就没有拒绝

---

1 体落、内股、横四方固都是柔道的招式技巧。——译注
2 指《光速蒙面侠21》。——译注

的权利。正秋拉着我的袖子，小声说：

"这橄榄球要怎么玩啊？"

横井让我俩负责中场的守备，而进攻的一方都是些体格壮硕的男生。

"这局是对方开球，我们负责防守，用手触球也没关系。只要把那个从正面突破的四分卫推倒就OK啦！如果对方传球的话，就把那个接球的推倒。听明白了吗？"

虽然我从来没玩过橄榄球，但漫画看多了，自然也懂得一些规则和战术。对方的四分卫是足球部的吉永。吉永踢中锋还凑合，但我们学校社团的总体水平偏下，所以他至今都没有什么太出色的表现。

"传球！传球！传球！"

吉永屈身抱球，寻找着传球的对象。我面朝隔壁班的某人高举双手，想要阻碍吉永传球。我虽然不常运动，但经常骑自行车，这使我的双腿得到了充足的锻炼，所以我还能应付比赛。一旦有人突破重围，其余的前锋便前赴后继地跟进，柔道场地乱成了一锅粥。

"是你呀，放马过来吧！"

我转过头，发现身边的正秋像电线杆一样地站着。站在他面前的男生不断叫嚣着，他可是柔道社的正式社员，也是全社唯一的黑带。

"连抢截都不会，那就太逊了。你要不上，那我可来了哦。"

正秋可怜巴巴地望着我。我朝他点点头，他便极不情愿地举起两条"螳螂臂"放在胸前，向黑带男冲去。向柔道社员猛扑的下场就像小货车撞上电线杆，后果是极其悲惨的。他才刚刚沾到对方的身体，就被黑带一摆手给扔了出去。

"哎呀，好疼啊。"

正秋坐在柔道场内的座位上，不停地搓揉胳膊。我和正秋两人是防线上的"死穴"，四分卫吉永发现了这一点，便放弃传跑战术，直接抱着球往我这边猛冲。

只要突破防线，很快就能跑到柔道场的尽头。我绝不允许他触底得分，不然赛后那些主力战将肯定会把我损得体无完肤。我瞄准吉永的脚跟飞扑过去。人在奔跑时，只要稍一受力就会失去平衡——我记得漫画里管这招叫"Shoestring Attack"。我抱住吉永的脚踝，他倒在地上摔了个四脚朝天，手里的球也掉到榻榻米上。最后比赛以四分卫倒地而告终。

我沉浸在兴奋中还没缓过神来，班里的那些主力军就都跑过来和我击掌。横井也眉开眼笑地对我说：

"哲郎，从下周开始你就是正式队员了。最后那一抱可真是酷毙了！"

得到承认当然很高兴，但每周都来这么一场我可受不了。正秋走到我的身旁，他身上的柔道服平整得就像刚从洗衣店里拿出来一样。

"哲郎君你好棒哦，让我看一下。"

说着他就拉过我的袖子，握住了我的手腕。哇！你要干吗！他用玉葱一般的手指测量我手腕的粗细，然后抬起手，跟自己的手腕做比较。

"唉，为什么我的手上没有肌肉呀？每次做准备活动我都很辛苦。"

柔道课的准备活动是做二十四个俯卧撑与仰卧起坐，最后再慢跑。正秋做仰卧起坐没什么问题，但俯卧撑连一半都做不到就累趴下了。

"那种运动做不做都没关系啦。"

横井把手放在我的肩膀上说：

"那就再来一局。巴尔衫，你不用上场了。看你长得这么高，怎么跟女孩子似的。"

我赶紧观察正秋的表情，怕他听了会发怒。没想到他并没有在意横井的嘲笑，反而脸上划过了一丝笑意。

这位古怪的同学真是让人捉摸不透。

从那天开始，我和正秋就成了有话常聊的朋友。正秋住在八丁堀一栋新建的公寓里。最近新富町、八丁堀、筑地一带到处都是新近崛起的公寓。虽然不像佃和月岛那样有很多超高层建筑，但因为数量很多，导致中央区的住民也开始逐渐增多。社会上管这股风潮叫"都心回归"。自己居住的城镇变得热闹起来，总归是件让人高兴的事儿。

某个雨水暂停的黄昏，我和正秋走在新大桥街上。我推着自行车，正秋抱着他的包包走在我的身旁。

"啊，每天都过得好无聊呀。"

我俩同为回家社社员，所以除了回家也无处可去。虽然家里人总说让我们去发掘一个爱好来充实自己，但找件让自己喜欢的事哪是说找就能找得到的。

"嗯，那要不要去喝点东西？"

拜托你别说这种没用的好不好。每次和正秋聊天，他都接不上话茬，他总给人一种心不在焉的感觉。我们走进沿街一家既不时尚也不豪华的咖啡馆，两人分别点了几样平时爱吃的东西。

我点了一份冰激凌，正秋要了巧克力香蕉派和一杯加奶咖啡。我对他点的东西比较在意，对我这种总是觉得很饿的人来说，与其点咖啡这种吃不饱也不解渴的饮料，还不如点一份价格相同但热量却要高出十几倍的点心来充饥比较好。正秋用刀叉将派整齐地切开，吃了一块后突然问我：

"哲郎君，你没有女朋友吗？"

我开始在脑海中浏览班里那些女生的资料。人数有二十来个，都是些很普通的女孩。有四五个还挺可爱的，但常言道，兔子不吃窝边草嘛。

"是啊，没有。"

正秋紧盯着我的脸，又问了一句。

"……那有没有喜欢的人呀？"

这一问戳到了我的痛处。回想这十六年来，大部分时间我都处于"孤家寡人"的状态，所以会在感情上落单似乎也是很正常的事。

"好像……完全没有。能和女孩子交往一定会很开心，但也会变得很烦吧。你想想，女孩子不是很唠叨吗？但一想到温馨的地方，或许经历一下也不错。"

正秋眯起了眼睛。

"你说的没错，女孩子是挺烦人的。不过恋爱也很让人期待啊。"

很难得嘛，正秋第一次回答得如此合拍。

"那你呢？有没有喜欢的女孩？"

正秋张开那双大手，左右摇了摇。摇手的时候，他的手指向后弯曲，看上去就像那些经常做手部保养的女生一样。

"……我自己……就算再怎么尽力也……女孩子很麻烦的啦。"

我叹了一口气，伏倒在咖啡桌上。

"唉，高中生活真是好无聊哦，还是读初中的时候比较好玩。我看就是上了大学，每天的日子也很无聊。上班后就更不用说了，人生就此over。啊，前途一片黑暗。"

我抬起头，才发现正秋正笑眯眯地看着我。

"但一天天长大，人也一天天变得更自由了呀……我的初中生活才不堪回首呢……总是被人说成是娘娘腔或者人妖什么的……初中生就跟猴子一样，不知羞耻。"

是这样吗？我想起了初中时那些朋友的面容。阿润、阿大、直人，一个个都很有个性，但还不至于像猴子一样不知羞耻啊。

"也不能一概而论，正秋君的初中生活可能比较悲惨。但我就读的月岛中学却是一所好学校。我有很多好朋友，有机会介绍给你。"

正秋好像没有什么食欲，一直用叉子在派上戳来戳去。

"谢谢你。或许是自己的黄金时期还没有到，所以我很期盼变成大人的那一天早点到来。但是，渐渐地……"

他说到奇怪的地方就沉默了。我的十四岁，也就是参加中考前的一年，或许就是我一生中最值得怀念的Best Year。

"渐渐地，怎么了？"

正秋的脸上浮现出憧憬的表情。这样的表情只有在孩子谈及自己将来想当宇航员或者世界小姐时才能看到。

"渐渐地发生了变化。"

完全不明白他这话的意思，我从正秋的手里拿过叉子说：

"你说什么我不明白，但你不吃的话就别糟蹋了，给我吧。"

正秋笑着，双手把白色的盘子推到我面前。

"当然可以，全都给你吧。"

于是我就把剩下的派如秋风扫落叶一般全都送进了嘴里。正秋一边笑着，一边注视着我大快朵颐的模样。真是个怪家伙。

过了几天，我开始收到来历不明的短信。某天放学后，我正撒开双手在佃大桥上体会骑单车的乐趣，突然口袋里的手机响了，我还以为是阿大他们邀我去玩呢。

我站在隅田川上的大桥正中，翻开手机。河岸两边的地面上矗立着十几座五十层高的公寓楼。玻璃巨塔沐浴在夕阳中，就像是一座座巨型现代雕塑。高楼看上去是很酷，但人们的赞扬之声通常只献给楼下的公园。

我用一只脚撑着自行车开始阅读短信。短信的标题是"初次见面❤"，发件人名叫魔希。肯定是恶作剧短信吧。

> 我从朋友那里要到了你的号码。
> 今天我在学校看见哲郎君了。
> 我觉得哲郎君很有气质。
> 下次聊。

河风吹过，吹乱了我的头发我的心。兴奋、疑惑和一点点害怕交织在我心头。这是学校里某个女生发给我的告白短信。我怎么会被人看上了？真烦，还是先别去管她。

第二天早上刚睁开眼时，我又收到了短信。搁在桌上正在充电的手机接收到短信后，发出一闪一闪的提示。我发短信并不是很勤，所以收到的短信也屈指可数，有时看见自己的手机在闪还会觉得诧异。发件人又是那个神秘的"魔希"。

>早上好♥

>鼓起勇气给你发短信，

>但你好像并不当成一回事。

>有关哲郎君的事我考虑了很多，

>自己究竟对你是怎么想的，

>抱着试试的心情给你发了短信。

>请原谅我的任性，

>如果你不介意的话，

>就请和反复无常的我，

>试着交往一下吧。

感觉不赖，主要是她不像其他女孩子那样喜欢在短信里加一堆表情，让人看着非常清爽。这说明她很清楚自己的想法并非一时兴起。仅通过短信来试探对方的心意，这恐怕很困难，但她却能将这件事做得很妥当。

短信是写得不错，但连对方长什么样子也不知道，自己当然不可能随随便便就答应与她交往。不过她都已经发过来两条短信了，再不回信的话，恐怕在礼节上也说不过去。于是我就在这忙碌的早晨花了近三十分钟时间写了一条回复的短信。用了这么长的时间是因为我实在没什么文采。

>短信我已经读过了，

>虽然我还没见过你，

>但认为你很有意思。

>如果你觉得我还行的话，

>请继续给我发短信。

>要不要在学校里见个面？

>回头见。

写得很简单，但就这么几句，我光是打字就打了四遍，最后才选了最简单的一篇发了出去。写短信真麻烦。我一口气扫光了烤面包和煎鸡蛋，急匆匆地跑进停车场，跨上了山地车直奔学校。骑快一点，大概用十分钟就可以赶到学校。住在学校的周边就有这点好处，可以安安心心地睡懒觉而不用担心迟到。

那天我在校门口碰见了正秋。

"早安。"

很显然，正秋不敢看我的脸。他那副支支吾吾的模样令人实在很不爽。

"早……早上好。"

"打招呼你都要想半天，拜托你别这么敏感好不好？"

我的语调变得严厉起来，正秋不好意思地低下了头。

"……不想不行啊，要用什么语气啊，声调要多高啊……还有很多要考虑的问题……"

"你说错了吧? 我又不会把你吃了,你想这么多干什么? "

大概是很介意自己的身高吧,正秋总是弓着背。

"不是哲郎君的错……是我自己的问题……唔……"

他这个慢脾气真让人受不了。我甩下正秋,朝校内的车棚走去。正秋在我的背后叫道:

"对不起! 请别在意啊! "

对正秋来说,他的喊声大概和别人聊天时候的音量差不多。我抬起握住自行车把手的右手,挥了两下,向他示意。

那天我一直在等魔希的短信,时不时会把手机从裤子口袋里拿出来查看。我就读的这所高中虽然是"都立高中",但校规并没有那么严格,即便带着手机上学,老师也不会多说什么。我把手机切换到静音模式,收到消息就会感到震动。一个素未谋面的人竟让我如此牵肠挂肚,连我自己都觉得有些不可思议。

午休时,魔希终于发来了短信。我吃完便当,正在观察被白线划分成若干个方块的校园时,手机在我口袋里快速震动了三下。第一震就把我惊得从座位上跳了起来。连忙翻开手机看短信。

>谢谢你的回信,

>出乎我的意料,

>我非常非常高兴。

>哲郎君你骑车很帅。

>我见过你从佃大桥上冲下坡道的样子，
>不知怎么的，总觉得心里很舒服。
>非常羡慕你。

　　难道今天早上我骑山地车过桥的时候被魔希看到了？那段下坡路很长，我切换到最快的档位，发疯似的猛踩，时速大概接近每小时五十公里。下次我还想来个"双放手"试试。于是我当场就回了一条短信。

>平时你总在看我吧？
>但我从来没见过你的样子，
>总这样不太好吧。
>我想了解一些有关魔希同学的事。
>可以吗？

　　按下发送键，我又读了几遍魔希的短信。没想到她很快就发来了回信。

>我想告诉你，但很困难。
>我没有开玩笑，
>但我的确不知道自己是谁，
>将来的路该怎么走。

> 所以才觉得毫无困惑的哲郎君，
> 是如此耀眼。

　　这话怎么文绉绉的让人摸不着头脑啊？不过既然是高中生，就肯定会对这种自己是谁啊、将来该怎么办啊之类的问题感到不安。虽然魔希说我"毫无困惑"，但事实上我和所有的人一样，每天都在不安中度日。我不完全同意她的话。午休已经快结束了，我也没那个闲心再去多想。就在我盯着手机屏幕的时候，正秋走了过来。

　　"你在看什么好东西哪？"

　　我抬起大梦方醒的脸孔，发现一个穿着白T恤、像木棒一样纤细的男生站在我的面前。

　　"你怎么知道我在看好东西？"

　　我问得很突然，正秋连忙把目光移开。

　　"我看见你在看手机……哲郎君你一直在笑，所以……"

　　"真的？"

　　我连忙向四周扫视了一圈，看看除了正秋外还有没有人注意到我这副傻样。我决定了，下次决不会在人多的地方看魔希发来的短信。

　　早中晚各一条短信。

　　每天和魔希发三条短信，这几乎成了我的习惯。通过短信我了解到，我和她都不是那种对异性有着强烈追求欲望的人。再说我还没有那个勇气去和一个素未谋面的人谈恋爱。魔希也在她的短信中经常提到这一点，我能够感受到她所传达的那种善意。说起来，魔希还从未在短信中说过"喜欢"我。同样，我也从来没有直言不讳地写过类似的话。

　　高中生活仍旧是那么无聊，但有了一个能够定期收发短信的对象，我惊奇地发现生活也变得充实起来。在那段日子里，与魔希的短信交往成了我每天生活的中心。或许这幸福来得太过突然，我甚至没有把这件事告诉一周要见好几次面的阿润和直人。本来就没有想过我和魔希将来会如何发展下去，所以我索性就没把这份不安告诉他们。

　　高中生的思想真是微妙。初中时对于男女交往还没有一个具体的概念，但到了高中就不一样了。女孩子的形象变得更为鲜活，也更加真实，不像以前那样只是男生用来开玩笑的对象了。再比如自慰，进入高中后没有人会提起这个话题了，因为大家都觉得自己的肉体和欲望是令人非常害羞的东西。

　　我们已经完全脱离了童年，当了两年的大人了。

　　我和魔希的通信不限于平日，在两个双休日内，早中晚也会各发一条短信。忘了是通信开始后的第二个还是第三个周六，我和阿大他们正在佃公园时，魔希发来了短信。这时一辆镶满玻璃窗的水上观光巴士正驶过隅田川，而阿大不知哪根筋搭错了，朝甲板上的乘客招起手来。

我避着他们偷偷地拿出手机，小心翼翼地开始阅读魔希发来的短信。

>今天结果出来了，
>以前我不知道该怎么办。
>但现在检查的结果却很明确，
>好高兴，这下放心了。
>这感觉真奇怪呀。

魔希偶尔会发一些莫名其妙的短信，比如这条就让人摸不着头脑。检查的话，肯定是去医院检查吧。但说到结果让人放心，难道是去检查有没有怀孕？还是有没有癌症？

"哲郎你在干什么？"

阿润一脸坏笑地望着我。

"哲郎今天好像有心事哦。"

直人头上的白发比两年前更多了。光看头发的话，他的扮相倒是很帅，可他身上还有更多隐蔽的病痛。阿大拍了拍自己的胸口，那两块堪比G罩杯的肥肉左右摇晃起来。

"来，有啥烦心事快跟大叔我说说。保证帮你排忧解难。"

真郁闷，阿大耍贫的本事在这两年里一点儿也没进步。

"别闹了，只不过在高中里交了一个发短信聊天的朋友。"

"你不老实啊，哲郎。"

阿润这么一说，直人和阿大也都点头附和。我从长椅上站起来，俯视着隅田川，臀部的牛仔裤都黏在了皮肉上。

"我去回条重要的短信，拜托你们别过来。"

说完我就走下台阶，朝河边的步行道走去。我一手扶着围栏，一手忙着输入短信。

> 虽然不知道你在做什么检查，

> 但结果让你很开心。

> 那我也很高兴，

> 你可以告诉你的身份了吧？

> 这不会影响我们是否会继续交往。

蜿蜒的河面倒映着布满阴霾的天空。那三个家伙在远处大喊道：

"喂！哲郎！你小子一个人在那里板着脸干什么呐！"

"别吵，我必须马上回短信。"

我突然想起了正秋的话。或许他说得没错，十几岁的男性都是野蛮动物。

到了周一，魔希的短信内容突然变得很绝望。我不知道在她身上发生了什么事，短信的内容如下。

>独自坚守着一个对谁也不能说的秘密，

>这有多苦多累，

>哲郎君你能明白吗？

>这又不是我的错，

>这也不是法律上道德上不好的东西，

>但我必须独自坚守着这个秘密，

>不停地思考。

>突然说了一些很沉重的话，对不起。

>但这些牢骚事除了哲郎君以外，

>即便只是发发短信，

>我也没有人可以诉说。

每次收到这种短信，我都会千方百计地想出一些宽慰的话来安抚魇希。但我始终搞不清她在为什么感到苦恼，那个重要的检查究竟是什么。如果不知道问题的答案，再怎么安慰也只是隔靴搔痒。这一周以来，魇希一共给我发了二十多条短信。

此时我发挥了连我自己都感到诧异的忍耐力。虽然不明白她的负面情绪从何而来，但我总是尽力想一些积极的话来安慰对方。说实话，如果是家里人或者朋友给我发这种信息，我肯定会视而不见，或者直接屏蔽。

无论是人生还是短信都一样，但只要努力了，总会获得成果。

周五那天的短信让我吃了一惊。当时我刚洗完澡，正躺在床上发呆，手机就搁在胸口上。收到短信时，手机产生了微弱的震动。或许已经习惯了，我已经不再像几周前那样兴奋，随手翻开手机就读短信。但刚读到一半，我就直起腰坐起来，仔细看下面的内容。

> 我想总有一天，

> 要把一切都告诉哲郎君。

> 明日午后三时，

> 在佃大桥上见。

我端坐在床上，颤抖着双手回复短信。约好了明天和阿润他们去吃文字烧的，到时候只能迟到了。一定要去！无论魔希说什么，我都不会感到惊讶。

然而这个世界很大，对于仅仅在这个世界上存活了十六年的我来说，有些"问题"是超乎想象的。

星期五的天气还不错，亮丽的天空笼罩在隅田川上，两岸建筑的轮廓分外明显。窃以为这一带的建筑是东京最美丽的楼景。这里有河，有天空，又有高楼。清爽的空气将这一切连为一体。我骑山地车来到佃大桥上，比约定时间早到了一刻钟。佃大桥全长三百米左右，此时我就站在大桥的正中，步行道空荡荡的，半个行人也没有，汽车咆哮着从身旁的三行线车道上飞驰而过。到达约定地点后，我发了一条短信通知对方，然后就靠在桥护栏上眺望下游的风景。大桥实在是太长了，如果发觉对方从远处走来，等待她走到身边的那一段时间肯定很尴尬。河还是那条河，跟两年前相比并没有多少变化。河水也依旧波澜不惊，让人觉得隅田川仿佛是一座巨型泳池，里面的水根本就不会流动。天空、白云、高楼三者毫无变化，只有人在一个劲儿地疯长。

"……久等了。"

是男人的声音，而且还是那种弱不禁风、吹口气就听不见的声调。是正秋？！我整个人当场石化，看来我是上了他的当了。

"搞什么呀！原来是正秋你在装人妖耍我！"

我缓缓转过脑袋，但接下来所受到的打击却让我再一次石化了。黑色V字领的梭织衬衫，黑色的超短裙，黑色袜套，黑色凉鞋。脸上还化着淡妆。作为男人时一直被人当成傻瓜的巴尔杉，在换了一身女装后，身材居然是超模级别的。我的眼睛都不知道该往哪里放了，视线只能在他用发蜡定型、看上去毛刺刺的脑袋上打转，最后停留在他精致小巧的脸上。而更令我震惊的是，他那黑框眼镜后的双目中早已充满了泪水。

"对不起，我骗了你。"

正秋，不，是魔希走到我的身边，和我一起靠在护栏上看着远去的河水。

"算了，我不知道正秋你有这种兴趣。没关系，我理解。读初中的时候，班里也有个人和你一样。"

Taylor Morimoto的旧址如今建起了超高层公寓。Kazuya在某些方面也终于超过了世田谷。

"……不是你想的那样……我这种情况……既是男人，又是女人……"

我发现魔希纤细的手腕光溜溜的，完全没有体毛。他穿着袜套的两条腿也是相同的情况。将视线移回到上半身，我第三次石化了。

"正秋！你居然有胸部！"

魔希含着泪笑道：

"刚升入高中那会儿……就开始慢慢地变大了……哲郎君，你知道吗？其实魔希这个名字就是因为胸部才取的。"

我注视着这个变成美女的男同学。

"我一直搞不清自己到底是男人还是女人……在我的身体里既有男人的一部分，也有女人的一部分。"

"那你喜欢当男人还是女人？"

魔希的目光在我身上一扫而过。他说：

"都……喜欢。但在读小学的时候，我希望长大以后能像那些漂亮的姐姐一样，有一对漂亮的乳房。所以，这是我恶魔[1]一般的希望。"

所以他才会取名为"魔希"。

1　西方传说中，有一种恶魔会进入梦中与人做爱。这种恶魔的子女在成年时可以自由选择性别。——译注

"是注射荷尔蒙导致的吗？"

魔希轻轻地摇摇头说：

"不，是自然长大的……虽然现在还不够大，但却是纯天然的。"

我已经快晕了。同班的男同学居然突然变成了一个大美女，而且还是个拥有纯天然胸部的美女。

"之前我提到医院的检查结果……是在说我的基因。"

提到基因，我立刻就想到了直人。直人很倒霉地患上了像中大奖一样稀罕的早衰症。这种病的病因就是基因在作怪。

"正常的男性拥有XY染色体，女性拥有XX染色体。而我却多了一条，拥有XXY染色体。所以我的身材才会像女孩子一样纤细……到了青春期，乳房也开始发育……这种病被称为克莱因费尔特综合征。"

我下意思地屏住气，觉得难受了才开始呼吸。

"那一般得这种病的人，是选择变成男性还是女性呢？"

魔希露出谜一般的微笑看着我。我实在无法相信眼前的这个漂亮女生曾是个男孩。

"想当男人还是女人，每个人的选择都不一样。根据他们的决定给予不同的荷尔蒙，就会转变成为他们理想的性别。"

原来是这样，怪不得魔希在短信里说，不知道自己到底是"谁"，到底该怎么选择。他是在为变性而感到困惑，会感到迷茫也是正常的。

"那正秋，不，应该是魔希，接下来你打算选择哪种性别？"

两性居于一体的正秋抬头看着我。此时天空中的云层飘散开来，午后金色的阳光透过云层的缝隙洒向地面。光带就像是飘动的窗帘。视野也因此而变得开阔，对岸的高楼和远处的桥梁一下子变得十分清晰。

"现在才十六岁……到时候再决定也不迟……我可能会根据遇到的人来做出选择。"

我既遗憾，又有些心动。我为魔希是我的同学，而且原本是个男生而感到惊讶。但转念一想，大家都是十六岁，自己却没有必要做出重要决定。唉，明明是一个相同年纪的人，命运却如此大相径庭。

"我很迷茫，到底要不要让哲郎君看见这个样子，真的拿不定主意……我想哲郎君一定会理解我的，所以今天才来这里见你。"

"如果我完全无法理解，那你该怎么办？"

魔希那双涂抹着眼影的眼睛盯着我，说：

"那我就从桥上跳下去。"

我们相视大笑，阳光在河面上跃动。

"那个，虽然我已经知道魔希就是正秋，但短信还是继续下去好吗？"

这一刻的感觉十分微妙。听到我这么说，魔希露出泫然欲泣的表情回答道：

"……谢谢你。"

我拿出手帕，递给面前这个比我还要高的克莱因精灵。

"能给哲郎君发短信……这太好了……谢谢你。"

于是就在魔希停止哭泣的这段时间里，我站在大桥上一边吹着河风，一边考虑待会儿要怎样向阿润、直人还有阿大引荐这个特殊的朋友，并带他去"向阳花"吃文字烧。

夕菜的忧郁

"婴儿软得就像块棉花糖一样。"

七月的太阳在过了下午五点后，依旧明晃晃地耀眼。阿大就像辆推土机似的，把面前的明太子芝士文字烧一口气全扒进了嘴里。再过一会儿就要去上晚课了，这顿饭算是他的课前点心。夕阳爬上了墙上的长条诗笺，原本就不热闹的小店感觉越来越冷清了。但在我们看来，"向阳花"却是最有月岛情调的文字烧店。

"小孩很麻烦吧，听说晚上每隔三小时就要哭一次。"

直人说这话时，目光中带着崇敬。阿大曾经"一日七次"的记录已经让我们的敬仰如滔滔江水连绵不绝，但没想到他居然还能照顾婴儿，这实在大大出乎我们的意料。阿大嘴里塞得满满的，对我们说：

"这点夕菜已经想到了，所以在大雅出生半年后才搬到我这里。他晚上已经不再闹了。"

我把黏在铁板上的芝士剥下来，送进嘴里。芝士香滑柔嫩，味道好极了。不过不能多吃，不然回家后吃不下饭，少不了会挨妈妈骂的。

"那阿大你做了些什么？"

胸有成竹的阿大扫了我们一眼说：

"听好咯。这个小宝宝呀，只会做五件事，那就是吃喝拉撒睡。"

直人睁大了眼睛，问道：

"难道你给他换过尿布？"

"拜托，吃东西的时候别说这个好不好？别说尿布，屎布我也换过。夕菜去买东西的时候，那小东西一直哭。没办法，我只能亲自上阵啦。"

直人和我不禁赞叹道：

"阿大你太帅了！"

阿大有些不好意思，红着脸继续吃他的文字烧。我们不由对这位肥嘟嘟的老友刮目相看。在去年春天的新宿冒险之旅中，阿大结识了早川夕菜。两个月前，夕菜搬进了月岛的屋村，跟阿大开始了同居生活。那时怀孕的夕菜已经休学，并且在正月里产下了一个健康的男婴。虽然她在自己家住了一段时间，但无论怎么努力都无法和母亲相处好。这世上还是有很多无法和睦相处的母女的。

阿大在家庭餐馆中许下过承诺，他决定成为夕菜孩子的父亲。因为夕菜也不知道孩子的父亲到底是谁，所以阿大便用自己名字"小野大辅"中一个"大"字为孩子取名为"大雅"。他每天早上四点到中午在筑地上班，晚上还要到我就读的都立高中上夜校。在我看来，阿大这股劳碌劲儿简直堪比传说中的Super Hero。

一直保持沉默的阿润目光一闪，问道：

"小宝宝的话题就此打住，快把你们的同居生活如实招来。"

三人都把身子往前凑了凑。毕竟都是十六岁，但只有这小子和比自己年长的女性（虽说只大了一岁）一起生活，所以不可能对这个话题不感兴趣。面对我们的逼问，阿大若无其事地打起了太极：

"怎么说呢。你们这些小孩子或许难以理解那种感觉，但大清早起来发现身边就躺着一个素颜美女，那种感觉真是太好了。"

我开始回忆夕菜的长相。茶色的刘海，眼角虽有些下垂，眼睛却很大，鼻子小巧精致，嘴唇柔软红润。夕菜给人的最初印象就是个冷美人。阿大居然可以对那双红唇为所欲为……阿润简直羡慕得要死。

"早知如此，悔不当初呀。去年在新宿我应该先下手。"

阿大把嘴里的食物吞进肚里，一口气喝干了整瓶汽水。

"行了行了，阿润尚需努力，泡妞仍未成功。你看大叔我已经抱得美人归，现在的奋斗目标就是让夕菜和大雅过上幸福生活。"

阿润撇着嘴说：

"切，你小子真是帅呆了。"

直人和我都没说话，但心里想的都跟阿润差不多。证据就是我们三个在看这个十六岁的父亲时，目光中都带着一份崇敬。

"那我先回去眯一会儿，晚上还要上课。"

阿大早早地离开了"向阳花"，剩下的三人开始对同居与育儿展开了毫无顾忌的讨论。

阿大在筑地鱼市里的一家水产批发公司上班。公司还未实行双休制，平时只有周日和节假日，以及每个月第二与第四周的星期三才能休息。那天放学后，我正骑车路过就快要被阳光烤化的佃大桥，手机突然响了。

"喂喂，是哲郎君吗？"

"啊，夕菜啊。有什么事吗？"

一阵凉风吹过隅田川，钻进我白色的半袖衬衣里，我的后背就像鼓满风的帆布一样鼓了起来。

"我有事想对大家说……"

夕菜的声音听上去没什么精神。我停下车，一只脚踩在地上，身子靠着栏杆。

"可以啊，什么时候？"

"今天。"她说话的声调开始拔高了。

"但今天阿大休息啊。"

今天是本月第二个周三，阿大难得的休息日。

"是的，但阿大君他要睡到上学。晚饭我给他准备好了。五点在向阳花见面可以吗？"

只有一个小时了，我觉得时间有点紧。

"那我把另外两个也叫来。"

夕菜应该有心事，想跟我们商量。

"那最好了。"

"放心吧。我马上叫他们过去。"

"……谢谢你了，哲郎君。"

一艘安装了玻璃顶棚的水上观光巴士从上游驶来，把夕菜的感谢声淹没在引擎轰鸣声中。隅田川上的船舶流量庞大，平均每十分钟就有一艘从河上驶过。等水上观光巴士穿过桥身，夕菜已经挂线了。

这个幸福的三人小家庭肯定发生了什么事情。我站在桥上，目送着艳阳下闪闪发光的水上观光巴士朝远方驶去。

夕菜比约定的时间晚到了几分钟。她推着婴儿车走进"向阳花"，这可让佐知婆婆笑得合不拢嘴。婆婆说让她抱一会儿，但这一抱就不肯撒手。大雅或许是被婆婆经常穿的惹眼连衣裙刺激到了，他那圆溜溜的大眼睛不停地眨着。就像往常一样，这家破破烂烂的小店里只有我们这几个客人，所以随我们坐哪里都没关系。

"夕菜小姐，你要吃什么？"阿润先开口问道。

称呼一个十七岁的妈妈为小姐，总感觉有些老气。但她一副神情憔悴的样子，的确不像是个无忧无虑的孩子。

"给我杯饮料就行了，做饭的时候我顺便吃了一点。"

我们几个照旧点明太子芝士和模范生干脆面，饮料则是汽水。

我的吃法是把配料放在铁板上翻炒，然后堆成一个圆环，再把酱汁什么的浇入圆环的中央。当然也有不堆圆环或者不炒配料的吃法，但我从小就喜欢这么吃。不过话又说回来了，也没人规定过文字烧该怎么吃不该怎么吃，做法完全随意。过了一会儿，面糊烤好了。也不知道为什么，大家都一本正经地盯着铁板。我鼓足勇气，开口问道：

"你说有事要讲。是不是阿大做了什么不好的事？"

本不该这么问的，但我想到了阿大那个经常喝得烂醉、对家人动粗的父亲。夕菜注视着正在冒泡的面糊，平静地对我说：

"阿大君所做的事，对我来说或许是一种伤害。"

"哎！那家伙……"直人不禁叫道。

我和阿润对视了一眼，发现他也一脸诧异。我下意识地开始替阿大辩护。

"不会的，那家伙绝不会做伤害家人的事的。"

我知道阿大是个好人，每次市场里有了剩鱼，他都会拿来分送给我们，死活不收我们给他的钱。我又想起了他被关进警署时，我们给他写信的事。面对警察的问询，他从头到尾都没有说过谎。阿润一脸认真地问夕菜：

"夕菜小姐，到底发生了什么事？"

夕菜始终低着头，扭扭捏捏的，好像羞于启齿。最后她还是说了，但那声音小得几乎就像蚊子哼哼。

"那个……我和阿大君一起生活……已经有两个月了……但他……一直没碰过我。"

我们哑口无言！大雅突然趴在佐知婆婆的胸前哭了起来。婆婆连忙伸手去摸纸尿裤。

"好像是拉大便了。你们几个坐着别动，小妹妹快把纸尿裤递给我。"

夕菜拉过婴儿车，从包包里取出纸尿裤和除菌纸巾递给婆婆。

"乖宝宝，让婆婆来让你帮你换尿布。"

她老人家说着，便哄着宝宝，把他带进了洗手间。夕菜注视着婆婆消失在门后，突然皱起眉说：

"文字烧再不吃就要糊了。"

我们几个还傻呆呆的，正在回味刚才发生的一切呢，听她这么一说，赶忙动手开吃。文字烧与往常没什么不同，但总感觉今天的味道有点怪。夕菜接着说：

"阿大君说非常喜欢我，他对大雅也非常温柔，简直就像对自己的孩子一样亲。每天晚上都是三人睡在一起的。"

阿润把热乎乎的文字烧送进嘴里，说：

"好烫！那么阿大就从来都没有碰过夕菜小姐吗？"

一旁的直人傻乎乎地附和道：

"那家伙的最高纪录可是一日七次……"

我赶紧捂住了直人的嘴。在为同居男友性冷淡而感到苦恼的女人面前说什么自慰纪录，这简直就是在泼冷水。但这位年轻的母亲到底还是听到了，不由缩起了身子。

"我思前想后，阿大君还是介意我的过去。他肯定只是可怜我才会和我一起生活的。但他是个好人，不忍心说出口。他一定觉得我这种随便跟人上床生下小孩的女人很脏，才不想碰我的。每次一想到这些，我就觉得很难受。"

夕菜用指尖擦拭着涌出的泪水。被油烟染黄的店堂此刻好像凝固了，没有人说话，也没有人移动，只剩下铁板上的文字烧在吱吱作响。我转动桌子侧面的开关，把火头调小。

"你们两个出来一下，有事要商量。"

我走下座位，套上运动鞋。阿润和直人紧跟其后。

"夕菜小姐，刚才的事我们听得很清楚。你放心吧，我们会解决的。"

说完，我们便拉开玻璃移门，走到昏暗的小巷里。我们三人就一边套着运动鞋，一边站在路边讨论起来。直人首先说：

"怎么办？夕菜小姐的表情你们也看到了。这问题肯定很严重。"

阿润一脸不相信的表情，说：

"十五岁时就一天自慰七次的阿大居然性冷淡，这简直比三伏天下雪还不靠谱。"

"别开玩笑了，直人你也别慌。我们必须为他俩做点什么才行。"

听我这样说，直人才恢复了一点信心。一条光带在平房与独栋楼交界的小巷中洒下，直人那张被早衰症蹂躏的脸在灯光映照下变得更加惨不忍睹。

"刚才我就在想，如果立场颠倒，换成阿大接受求助，那他会说什么？"

我想到了阿大的圆脸和他厚实的胸部，还有那张无比开朗的笑脸。阿润拍着自己单薄的胸脯说道：

"那家伙会说什么，我用膝盖也能想得出来。"

我也拍了拍穿着T恤的胸口说：

"我也知道，阿大的话，肯定会这么说。"

三人在巷中面面相觑，然后异口同声地说：

"就交给大叔我来办吧！"

做出决定后，我们慢悠悠地回到"向阳花"。钻过写着商号的布帘，走进室内。

我们告诉夕菜，一定会想办法解决这问题的，你就先回去吧。我估计大雅就快饿了，万一他哭起来，夕菜只能现场喂奶。我们当然会回避，只不过有阿大的女朋友在身边袒胸露乳，这嘴里的文字烧恐怕是很难下咽的。

夕菜走后，作战会议继续进行。或许是烤的时间太长了，铁板上浮着一层芝士融化后留下的油脂。

"要让那家伙兴奋真是太简单了。只要稍微露一点给他看，不就行了吗？比如洗澡的时候，或者睡觉的时候。"

"这倒不难，但是你想，他们都一起生活两个月了，这种香艳场面不是每天都在上演吗？可阿大却对此毫无反应。"

我刚说完，直人就抢着说：

"哲郎说的没错。这不是穿穿水手服、玩玩制服诱惑，搞些小花样就能解决的事。"

我在脑海中想象着，这一对十六岁丈夫和十七岁妻子，虽然不是真正的夫妻，但他们按照自己的方式组成了新的家庭。为了帮助他们，我们该做些什么好呢？

"我知道了，再怎么好吃的东西，每天总吃也会腻吧。要让他们'性'福，就只有让他们跳出平凡的日常生活。美好的性爱怎么可以在那种墙壁薄得像纸一样的屋村里进行呢？要换个地方才行！"

直人好像想到了什么。

"啊，我想到了！我记得家里有西洋银座的住宿券。我去拜托妈妈要两张。"

不愧是上流社会的有钱人。阿润忙说：

"对！这主意不错，不如就由我们出资，请他们在豪华宾馆里欢度良宵。再送夕菜一套扎红领巾的水手服怎么样？"

我真是被他们两个打败了。

"我靠，除了Sex你们会不会想点别的？不过跳出平凡生活，在豪华宾馆里过夜……听上去不错哎。嗯，那就先这么定下来吧。大家为讨论成功干一杯！"

我瞅了一眼桌上的杯子，里面早就空空如也了。

"佐知婆婆，再拿三瓶汽水来！"

婆婆手里拎着三瓶没开盖的汽水，从柜台后面走了出来。身穿粉红连衣裙的婆婆扑哧一声打开一瓶汽水的瓶盖，发言道：

"你们几个可别忘了最重要的事——再高级的宾馆也不能带着小宝宝一起去吧。小宝宝的威力可不容小觑哦。无论在什么地方，只要他一发威，周围的人都要围着他转。"

我一边帮婆婆开汽水，一边说：

"那该怎么办？阿大的妈妈工作很忙，总不能为了上宾馆就把小宝宝扔给她照顾吧？我看阿大肯定没脸这么说的。"

直人又有主意了。

"不如借这个机会到我家举办久违的合宿吧！让阿大和夕菜小姐去共度良宵，大雅君就交给我们照顾。而且爸爸妈妈在家，万一有照顾不周的地方，他们照顾小宝宝肯定比我们在行。"

直人的家在佃岛一栋三十四层的豪华公寓大楼里，内部面积比我家要大很多。听到直人的提议，阿润马上跟进：

"太好了！我去问高中朋友借无码DVD，到时候在直人的房间里举办观赏大会如何？"

哇，无码DVD。我已经开始在脑子里想象画面了。

"那就这么定了！咳，虽然阿润借来的DVD肯定是洋妞，我们就凑合看一下算了。来！大家干杯！"

阿润和直人举起了杯子，加上柜台后的佐知婆婆，四人一齐大喊道：

"干杯！"

计划定在周六的晚上进行。但七月是旺季，银座大多数宾馆都已客满了。这时就该请有钱有势的人出手帮忙了。直人的爸爸打了一个电话，马上就预约到了一个VIP房间。

傍晚，夕菜推着婴儿车来到佃公园。车上挂着两个装婴儿用品的包包。

栽种着一排樱花树的佃公园就建在隅田川堤防的旁边，在直人家那栋高级公寓的楼下。我们挥挥手，走上坡道，迎接夕菜和大雅。

夕菜今天穿了一身我们从未见过的超短裙套装。见到我们，她轻行一礼。

"让你们帮了这么多忙，真是过意不去。这孩子就拜托你们了。"

阿润说：

"哪里哪里，要谢的话，下次替我邀阿绫一起玩吧。"

阿绫是夕菜的高中同学，当初在新宿时我们就是通过她认识夕菜的。我拍拍直人的肩膀，直人拿出一个平整的信封，对夕菜说：

"这是住宿券和餐券。住宿券是我问家里要来的，餐券是我们三人凑钱买的，你们就敞开肚子吃吧。"

"这，太感谢了，真不知道该说什么好。"

年轻妈妈抱住了直人。直人脸上微微泛红。

"那就麻烦你们了。包里有奶粉和尿布。一开始或许会有些麻烦，如果大雅肚子饿了，就冲奶粉给他喝。唔，有什么问题就给我打电话。"

夕菜伸出拇指和小指，放在耳边。看到这个动作，我们才想起孩子的妈妈原本只是一个十七岁的少女。

三人目送身穿超短裙的夕菜远去之后，便推着婴儿车走进高速电梯，升上三十四层。或许是气压的原因，大雅在电梯里哭了几声，但被直人妈妈一抱，就马上露出了笑脸。

当天傍晚到入夜的这一段时间里，直人家里经历了一场大骚乱。佐知婆婆说小宝宝威力不容小觑，真是一点儿也没说错，我看他的威力足以改变屋内的气场。小宝宝虽然除了哭以外什么事也不会做，却拥有将所有的人都拉到身边来的强大引力。另外，现在说可能太早，但通过今天这次预演，我感觉有一个自己的孩子应该非常有意思。

那天晚上简直可以用"完美"一词来形容。直人妈妈亲自下厨，做了蛋烤派、鸡肉番茄炖菜、夏季蔬菜意面。晚饭后，我们挨个去了能够看到银座夜景的浴室里泡澡，然后在六十英寸的彩电上看新出品的好莱坞大片DVD。等到发觉一切都快结束时，已经是夜里十一点了。

大雅像是计算过似的，每两小时哭一次，然后再饱饱地喝上一顿牛奶。如果他打嗝打得不畅，喝进去的牛奶就像喷泉似的飙得满地都是。这时候直人就会抱起大雅，让我们替宝宝换下弄脏的衣服。换衣服倒很方便，因为这里是直人的家，柜子里的睡衣起码有一打。

到了该睡觉的时间，本来说好要举办赏片大会的，但或许是如此和谐的气氛冲淡了大家的欲念，阿润也很识趣地没把DVD从随身包里拿出来。直人的房间里铺着一张地毯，我和阿润就睡在上面打地铺。而小宝宝夜里就交给直人的妈妈照顾。

直人躺在床上，望着天花板说：

"我们这么做，真的能让他们高兴吗？"

阿润这时候也变得十分冷静了：

"反正不坏，之后就要看阿大的态度了。"

我在黑暗中默默地点了点头。

"是啊，就算今晚他们什么也没做，但有个如此美妙的夜晚，我们也算是送了一份像样的礼物。"

东京街道上微光映在直人房间的天花板上。我看了一眼壁钟，发现已经过了十一点了。

"睡觉吧！明天早点起来美美地吃一顿早餐。"阿润说。直人回答道：

"嗯，早上七点。要让你们吃一顿丰盛的Breakfast。"

我感叹道：

"哎，在直人家早饭就不叫早饭，改叫Breakfast了。那肯定不是纳豆和鸡蛋这么简单。晚安。"

直人翻过身说：

"要吃纳豆的话，我家也有呀。晚安。"

我闭上眼睛，便听到远处传来微弱的海浪声。美好的一天就这样结束了。就在我的意识即将被牵入梦乡之际，放在枕头边的手机突然响了。吃饭的时候我把手机调成了静音模式，所以此时手机吱吱的震动声让人觉得有些刺耳。液晶屏上面显示着阿大的名字。是阿大打来的，我以迅雷不及掩耳之势翻开了手机。

"哟，是我。大家和你在一起吧。"

手机的音量出奇地响，阿大的声音在漆黑宁静的房间中回荡着。阿润和直人也都爬了起来，往我身边靠拢。

"大家都在，但你是怎么知道的？"

手机那端的声音意外地清晰。

"是夕菜告诉我的。"

三人无语。但既然是夕菜告诉他的，那他打这通电话的目的应该不是来找我们算账的。窗外飘来了夜游船的引擎声，而我在手机里也听到了同样的声音。

"你现在在哪儿？难道不在宾馆？"

我都快哭出声来了，想不到阿大这小子竟然很坦然地笑着说：

"我就在楼下，佃公园的长椅上。你们三个能不能下来一下？大雅应该睡熟了，没关系吧。"

直人抢在我前头回答说：

"大雅君在我妈妈那里。没关系，我们马上下来。"

身患早衰症的直人全身上下都布满了皱纹，但病痛并没有磨去他的脾性。他说话做事比谁都要心急。阿润贴近我的脸叫道：

"搞什么呀！都给你准备好了却不知道享用。阿大，难道你小子ED？我们马上下来，你乖乖地在原地等着！"

我们三人向直人的父母打过招呼后，就套上运动鞋，急匆匆地出了家门。盛夏的夜晚，我们只穿了一条短裤和T恤，站在空荡荡的大堂里等电梯，那种感觉说不出地怪异。尽管白日骄阳似火，但到了晚上一走出屋外，就能感受到河面上吹来的阵阵凉风。走下堤防上的阶梯，就看见阿大和夕菜手牵手坐在隅田川沿岸的一座凉台上。

我们小跑着来到他们的身边，直人先问道：

"这么早就出来了，太浪费了吧？"

阿大耸耸肩，胸口那两块"丰满"的肥肉也随之抖动着。

"实在太豪华了，连马桶也闪闪发光。在那种房间里待久了，我俩浑身不自在。"

阿润说：

"那餐券呢？"

"牛排不错，但其他几个菜还没市场里那些小店做得好吃。"

想想也是啊，阿大工作的地方称得上是东京的胃袋。什么寿司拉面，咖喱快餐，美味多得让你流连忘返。夕菜靠在阿大的肩膀上说：

"大雅没事吧？"

直人点点头回答：

"每两个钟头就给他冲一次奶粉。大雅君可真能吃啊。"

我开始计算他们的活动时间。傍晚开房，接着享用晚餐。那到现在为止他们应该有充分的时间温存吧。我注视着夕菜那幸福漫溢的脸庞，问道：

"这个……我这么问或许有些尴尬。两位应该充分享用过那张豪华大床了吧？"

阿大笑着摆摆手说：

"别说了，我打算开始禁欲生活。"

阿润一脸惊愕地说：

"我真没想到会从你嘴里听到这两个字。阿大，'禁欲'的汉字怎么写你知道吗？"

阿大又笑了，总觉得他的笑容既坦然又成熟。

"不会写。但意思我明白。说实话，我还没有自信。你们也知道，我有那样一个老爸。"

阿大的父亲是个经常对家里人实施暴力的酒精中毒者。他在阿大十四岁那年，因为阿大的过失在门口冻死了。当时的情况是，阿大的父亲喝醉后大小便失禁，把家里弄得乌烟瘴气。阿大一气之下就把他拖到屋外，还往他身上浇了一桶冷水。诉说这段经历时，阿大的声音平稳有力。河水拍打着水泥护岸，沙沙作响。

"我的确很喜欢夕菜，但总觉得现在和她发生关系还不到时候。过几年，等我长大成人，事业有所起色了，最起码高中毕业后再做也不迟啊。"

说这话时，阿大紧紧地握着夕菜的手。

"我说得很好听，其实有一部分是在为自己的害怕找借口。"

直人高声说：

"哎？想不到阿大居然会害怕女生，真不敢相信！"

阿大摇头否定道：

"不是的。其实我怕的不是夕菜，而是大雅。"

这话什么意思？小宝宝有什么好害怕的。

"每次看到大雅的睡相，我就觉得好可爱。他的确不是我的孩子，但我也在担心能否成为一个出色的父亲。他不高兴的时候，我会是一个通情达理的父亲，还是像我那个老爸那样只会用拳头讲话？在他成人之前，我能够担负起照顾他的责任吗？这样那样的问题，让我感到惶恐不安。还要再过二十年，他才算长大成人啊。"

阿大的身材要比我们壮硕，种种苦难让年纪不大的他看上去饱经风霜。但不管怎么说，他的内心和我们一样都只有十六岁。我们剩余的人生中还有N个十六年，在这漫长的岁月里，自己是否有能力去背负一个非亲生孩子的未来呢？唉，这种事光想想就会觉得头大。换成是我，恐怕就会吓得大叫，然后逃跑了。阿大是条真汉子！

"在他们刚搬过来的时候，我就决定在获得成为大雅父亲的自信前，绝不出手去碰夕菜。我辜负了你们的一片心意。"

"……阿大君。"

夕菜哭了。平日都是素面朝天的她为这个特殊的日子化了一个亮妆。现在妆已经花了，黑色的泪滴从脸颊上滚落下来。但在我们看来，此时的夕菜却比任何时候都可爱。

"刚才在宾馆里他就对我说了。那我也没有再逼他的必要。再说我只有十七岁，还没有到那种如狼似虎的年纪。"

阿润扶了下眼镜说：

"知道了，阿大也有他顽固的地方，一旦决定的事就不会改变。那工作和读书可要加油啊。我们会为你呐喊助威的。在学习上有什么不懂的，尽管问我。"

毕竟是东京名校的秀才，阿润说这话底气十足。

"饶了我吧，读书我只求六十分万岁，将来又不打算靠脑子吃饭。"

直人说：

"但我还有个问题。那个，阿大和夕菜小姐接下来还是要继续在一起生活吧？但阿大高中毕业还有三年半时间，整整三年半哦。有这么可爱的一个女生睡在身边，阿大能挺得住吗？"

阿大也有些为难。

"你这么一说好像是很困难。每次看到夕菜洗完澡没戴胸罩，只穿着一件吊带衫在屋里乱走，我就欲火中烧。我想也不一定要等到高中毕业，只要我有自信成为大雅的父亲就行了。"

阿润打趣道：

"你可要想好了，还有三年半要忍啊，在大家面前发过的誓可不能反悔了哟。等你成功了，再请你们去宾馆。"

夕菜敲了一下阿大的肩膀说：

"是呀。如果实在受不了的话，我就像刚才那样给你一个吻以示鼓励。加油吧！阿大君，我看好你哦！"

"真的吗！""太羡慕了！""亲一个给我们看看！"

夕菜被我们的"惊叹三重唱"包围了。这时候，哪句台词是哪个人说的都已经不重要了。我们在深夜的河边又聊了一会儿，阿大和夕菜准备回家。他们手牵着手缓步走出公园，背影与流水声重叠在一起，仿佛是一个象征幸福的长镜头。他们回到只有两人的小屋，就算墙壁再薄，屋子再破，能有一个属于自己的天地，那也是一件非常幸福的事。

而我们只有羡慕的份儿，望着年轻的情侣远去，阿润不甘心地说：

"啊……走远了。那接下来会是谁最先交上女朋友呢？"

我和直人都抬起手伸向夜空——

"是我！是我！"

刚刚还很起劲儿的直人突然黯然说道：

"唉，一时半会儿我们是不会有女人缘了。别想这些了，走！天这么热，回去吃个冰激凌再睡觉。"

我们三人相视而笑，下意识加快脚步往公寓门口冲刺。运动鞋触地发出的啪嗒声打出奇怪的拍子，在大堂内回响着。第一个跑到自动门前的人还用猜吗？论起跑步来，我可不会输给毒舌矮子和小老头。

与手机作家的邂逅

我所就读的新富高中虽说是一所都立高中，却没有配备制服。

　　所以即便穿得很性感，乃至于很雷人，前来上学的话也没有问题。或许有人会想，既然这样，那坐在教室里的肯定都是一帮潮人吧？那我就很遗憾地告诉你，小教室其实和外面的大社会没什么两样，既有对服装打扮异常热衷的时尚先锋，也有对穿着品位毫不关心的庶民学生。潮人指数的"等级差距"，也就在教室里应运而生了。

　　我自然是被扫到了"低端"那一边。父母都是普通的上班族，不像直人家里那么有钱，穿的基本上都是大减价时买的GAP和ZARA。虽然自认为穿得也不算太差，但和班那些把Dior、Burberry当成便服来穿的同学相比，就算嘴上说不在意，也觉得他们好晃眼啊。品牌的力量还真是不可思议。难道名牌的款式就一定漂亮吗？我看未必，多数情况下，大家只是晕头晕脑地跟风罢了。

这种高中里特有阶级观念，让我这个普通的学生觉得好复杂。

但在学校里也有那种完全不食人间烟火的学生存在。我的班里就有一个，她叫田部沙里奈。沙里奈个子小小的，但一双眼睛却圆溜溜地非常大。这样评价女孩子或许不太好。沙里奈个子不高，但人看起来很壮实，说得通俗一点就是属于"矮胖"的体型。大部分的场合下，没有必要她绝不会开口多说一句话。偶尔也会发表一两句自己的看法，但大都是一些充满绝望、非常阴暗的负面评论。即便是大夏天，她也只穿黑色或灰色的衣服。课间休息时，她就像一片影子那样紧紧贴附在课桌上趴着。

所以班里的人都管她叫D班的魔女。

听到这个外号，就能想象得出她是怎样的一个人了吧。接下来我要说的就是这个夏天我答应魔女要替她保守的秘密。虽然故事的结局并不像童话故事里写的那样，丑陋的蟾蜍变成了骑白马的王子，但我却从中明白了一个道理。

每个人都有不能说的秘密。

而那位穿黑色T恤的魔女，在故事结束后也没有任何改变。

"北川君，你读过燐架写的《空中十字架》吗？"

放学后我正准备回家，米泽由梨过来跟我搭话。西条千晶也在她身边，这两个女孩在爱好、打扮以及男女交际方面都和我属于同一阶层，是十分普通的高中女生。

"那是什么？我没看过。"

由梨打开手机的翻盖，一边搜索一边说：

"班里的女生都读过了，男生也有大半都看过了。你看这个，是手机小说。"

虽然我经常去月岛图书馆，但还从来没有读过手机小说。因为我总觉得在那块小小的液晶屏上光是看短信就已经很累人了。

这时正是七月半，午后的教室就像澡堂的换衣间般闷热，又没有空调，这简直就是蓄意谋杀。我背上帆布书包，听见千晶对我说：

"那本小说里也有个总是骑自行车的男生，名叫哲郎。我对由梨说，这个角色很像北川君。"

"哎，不会吧？"

像我的角色？那应该是个一无是处、也没什么特色的普通高中生吧。

"有兴趣的话，你可以去'两个人的彩虹'这个手机小说网站看看。不过《空中十字架》这部作品里的角色一个接一个地消失，不早点看的话，说不定哲郎这个角色就死了。"

这话也太晦气了吧？不过既然是个马上就要死的角色，那肯定就是个无关紧要的路人甲了。

"唔，知道了。我会去看的。"

说完，我便走出了教室。在这个时节，我还穿着一件去年买的T恤和一条破旧的牛仔裤。也就在那时，我眼角的余光扫到了窗户旁边的座位上，看见沙里奈正坐在那里摆弄手机。也不知为什么，体型丰满的魔女居然朝我微微点了一下头。那是在向我打招呼吗？但我好像从来都没有和她说过话，她这样做也太奇怪了。

回到家后，我先放下书包，然后乘着傍晚的凉风来到了月岛图书馆。每次我对父母抱怨想在房间里装台空调，都被他们以还房贷有多辛苦为理由拒绝了，因此我才会经常往图书馆跑。毕竟这里图书、杂志、CD、DVD一应俱全，而且冷气开得够劲，朋友们也时常在这里相聚。尽管我升入高中了，但大部分时间还是和初中时的朋友们玩在一起。

直人和阿润此时正坐在一楼大厅的长椅上。我说起了手机小说的事，阿润对这个话题很反感。

"哦，你说那种乱七八糟、只会装酷、写起来老喜欢空行的玩意儿啊？[1]比如……"

阿润在想例子。大厅里只能听见空调的运转声和中央区的新闻播报。

"总之是那种说了一堆废话，却没有表达任何主题的玩意儿啦。比如《还是喜欢他♥》之类的作品。要说这种东西好看，还不如说看的人无聊，只喜欢看废话。"

患有早衰症的直人摇晃着他那头银色的头发说：

"行了行了，别争了。总之大家先把这部小说看一遍再说。"

就这样，我们三个就坐在硬邦邦的塑料长椅上，拿出各自的

1　手机小说由于受到阅读条件的限制，所以在文体风格上表现为多空行，多对话，少修饰。——译注

手机，开始读《空中十字架》。公共图书馆的大厅里，三个十六岁的大男生正在卖力地活动大拇指。这是何等怪异的场景。当局者迷，换成我是目击者，恐怕也难以接受这样的画面。

《空中十字架》还算是一部像样的小说。

本来我们几个就对时下流行的小说不太感冒，所以一下子还分不清优劣。这部作品的主角是一个和作者燐架同名的女生。小说描写了燐架因为受不了校园生活的折磨，退学后在社会上和各种各样的男人交往的故事。总之燐架和他认识的男人都发生了肉体关系，而那些男人却一个接一个地死去。小说里还有大尺度的性描写，到最后燐架发觉和自己交往过的男人都离开了人世，因而认定自己是一个会给男性带来厄运的魔女。"哲郎"这个有些闷的角色是燐架为数不多的朋友之一。他没有和燐架上床，这或许就是他还没死的原因吧。

过了三十分钟左右，直人开口说：

"这小说写得挺好看的。你们觉得呢？"

阿润站起身，"啪"的一声阖上了手机。

"嗯，还可以。台词写得还行，不知道的还以为是在读少女漫画上的对话呢。不过基本上没什么场景描写，所以事件在哪里发生的，在怎样的状况下发生的，让人根本就搞不清。在学校？在自己的房间？还是在便利店里？背景是涩谷吗？场景设定简陋得就像是剧本一样，光在前面写个地名就完事儿了。"

的确是这么一回事。场景描写和细节刻画基本为零，所以根本无法想象出书中的两人是在什么地方对话的。阿润的眼镜背后电光一闪。

"出场的男人全都是帅哥，但有必要让主角和他们都上床吗？估计是作者在意淫。"

阿润说得没错，那些男人不光是帅哥，而且都是些感情上很随便、很冲动的男人。总之就是电视剧里那种小白脸的典型。但也没必要太较真吧，本来小说这种东西，只要让喜欢的人读得开心就行了，何必一本正经呢。我随口说出了自己的想法。

"但你看爱情动作片里，男女主角也不是一上场就不问青红皂白大战三百回合吗？那种创作方式被称为投机主义[1]，手机小说也是同一类型的产物。"

阿润仍旧坚持自己的看法。

"所以说爱情动作片才是王道！一开场就是充满魄力的画面，马赛克下可都是真枪实弹呐！"

直人连忙环视大厅四周，结果发现远处长椅上一个大婶正用她那能杀死人的目光恶狠狠地盯着我们。

"阿润，别说得那么大声……"

东京第一名校的高材生又说道：

---

1 投机主义又称为机会主义（Opportunism），原意是为达到目标而不择手段，以结果来衡量一切，不重视过程。但在小说创作中，是指一种无视伏线、无视设定、将所有矛盾产生都推给"偶然"的不良创作方式。——译注

"但这部小说里也没有重要的'动作'描写吧。基本上都是在那里不停地讲话。主角无所事事，遇见了男人就SEX。三天两头去流产，而对方不是自杀就是车祸，接着就是充满悲情的自白。而故事的结局就是这个纯粹是作者凭空想象出来的女主角，莫名其妙也毫无理由地恢复了信心，决定要好好活下去。"

直人一脸诧异地说：

"不对吧？《空中十字架》里有怀孕的情节？"

阿润挠挠头回答：

"是我说混了。反正各种各样的手机小说我也看得不少了，基本上都是这个套路。《空中十字架》可能写得稍好些，但也差不多。如果说精彩的小说是饭团的话，那么这种小说就是一捆塑料吸管，嚼起来嘎吱嘎吱的，根本没有回味的余地。"

说得太好了。不愧是高材生阿润，分析得头头是道，让我心悦诚服。但真如他所说的那样，这种像快餐一样的小说岂不是根本就没有存在的价值？如果世界上只有"名著"存在，那岂不是会让读书人都喘不过气来？一开始就读那种大部头的鸿篇巨制，会把对读书有兴趣的人都吓跑的。

或许大家都想要一个没有ＡＶ也没有手机小说的"纯净世界"，其实那样的世界如果真的成为现实，恐怕所有人都会比现在更觉得无趣。要问为什么，因为十六岁的青少年就像是活生生的惰性元素[1]。每一个Sixteen的Boy or Girl每年都会排出上千吨名为"无聊"的代谢物。

第二天傍晚，我走进总是很潮湿的校内停车场取车。我刚拔下自行车上的挂锁，就听见一个陌生的女声在向我问话。

"北川君，有空吗？"

我抬起头，发现站在我面前的是身穿黑牛仔裤、黑T恤的沙里奈。我有些诧异，虽然是同学，但她可是第一次跟我说话。而且她会在这里出现，说明从我走出教室开始，她就一跟在我身后了。

"有空。有什么事吗？"我的声音听上去很没自信。

沙里奈像是有些生气似的，嘴巴弯成了"へ"字形。虽然她平时就是这样一副表情，但第一次和她一对一地聊天，我还是非常紧张。女孩子的思维总是那么深不可测。

"我有件事想和你说，可以吗？"

"可以。"

我发觉沙里奈目光一闪，难道刚才她在笑？

"有一部叫《空中十字架》的手机小说。我希望哲郎君绝对不要读那种无聊的东西。"

虽然不知道理由，但我感觉沙里奈像是生气了。我握着山地车的手把，一脸茫然地站在那里。幸亏我们两人之间还有一部自

1　其特性就是不易与其他元素相结合并发生反应。——译注

行车挡着。

"不好意思，其实昨天放学后，我已经和初中时代的朋友一起看过那部小说了。"

沙里奈显露出一脸很无奈的表情，眉宇间的肌肤立马皱了起来。

"那就没办法了，米泽和西条对你一说，你就马上找来看了吧。"

沙里奈和其他女孩子不同，她不叫同班同学的名字，而总是以姓称呼。

"北川君觉得那部小说怎么样？"

明明刚才说很烂，怎么又突然问起别人的看法来了？我是不是该顺着她的话来说比较好？一时半会还想不出应该怎么回答，只能走一步算一步了。

"或许是不怎么样，但我和一起看的朋友都说还可以。"

沙里奈那副若有所思的样子，就像教国语的老师一样。

"哦，他们还说什么了？"

"这个世上有各种各样的人，也有各种各样的小说。有这样的小说也没什么不好的。我这个人对小说什么的不是太懂，所以就有一说一。"

"唔，是吗？"

魔女大人用她那双大眼睛瞪着我，点了点头。她这样子让我觉得有些心里发毛——你再瞪我，我也不会变成蟾蜍。

"我知道了。好了，就这样。"

沙里奈转过身，连句道别的话都没说，便朝廊下走去。我要不要对他说再见呢？思前想后，我还是弯了一下腰，目送着魔女的背影离去。

我迫不及待地想把和魔女说话这件事告诉别人，但跟同学说恐怕会惹来麻烦，所以一回到家我就拨通了直人的电话。我很知趣地没有打扰阿润，因为在读二流高中的我很清楚，这时候阿润肯定在跟学校布置的功课玩命。传说只要战翻开城学院的老师，打败开成学院的功课，就可以和东大结婚，所以开城出的习题无论是论质还是论量都不是闹着玩儿的。这个时候，我还是找在贵族学校里上上课、喝喝下午茶的直人少爷比较合适。

"直人，是我，你忙吗？"

"我在看《穿越时空的少女》，是动画版的哦。已经看了五遍，感觉有点厌了。"

我还记得，我曾和直人在他房间里，用四十二英寸的平板电视一起看过这部电影。直人对男主角最后必须返回未来那场戏非常在意，或许是因为他患有早衰症吧——他就是一个活生生的时间旅行者，因为他所经历的时间要比别人快两到三倍。

"那就别看了。其实我有些话想跟你说。"

之后我就把第一次和D班魔女说话的事告诉了直人，还说她劝我（或者是命令我）不要看那部手机小说。直人也觉得很奇怪。

"她干吗不让你看那部小说？"

"这我也不清楚。"

"难道魔女喜欢哲郎，所以不想让哲郎对别的女孩子唯命是从，却又因为害羞而说不出口？你看，这就是高中女生的嫉妒心理。"

我开始回想沙里奈的眼神。虽然停车场光线昏暗，我没能看得很仔细，但怎么看都不像是对我有意思的样子。

"不可能，从她的眼睛里我根本看不到紧张。"

她突然跟我说话，虽然让我有些措手不及，但我能确定当时她的态度很平静。

"那么，那个叫沙里奈的女孩是个和阿润一样喜欢看小说的人，所以才会非常反感手机小说这种新生事物？"

这我也想过，但她突然征询我对小说的看法，听我说小说不错后却露出了一副满意的表情，所以事实应该不是我和直人所想的那样。我把这个看法告诉了直人。他对我说：

"唉，手机小说的事待会儿再说。今年暑假的旅行还是去馆山，这没问题吧？"

直人爸爸的公司在馆山开了一家疗养院。

"行啊。不知不觉夏天就快到了。"

我们把沙里奈的事情搁在一边，开始讨论起夏季旅行的事。

当天晚上十二点过后，我放在枕边的手机突然响了。

我是那种每天晚上必须睡足七八个小时，而且一睡就睡得很死的人，所以这时候我正在做好梦呢。手机突然一响，而且也没有插充电器，说明不是充电完成的提示。靠，都这时候了，是谁啊？而且还不是短信，居然是直接打过来的通话！我翻开手机，没好气地问道：

"是谁啊？"

"哲郎，你睡了吗？"

是直人。听到是熟人，我的脾气立马没了，旋即换成平时说话的口气。我也不明白自己为什么会这样，总之这是个改不掉的坏习惯。

"没事，我起来了。有什么事吗？"

直人的声音听上去很兴奋。

"其实明天告诉你也没关系，但我想了想，还是让哲郎你早点知道比较好。你快去下载《空中十字架》的最新章节看看，这周已经更新过了。"

又是手机小说呀，难道我被那部小说诅咒了？

"到底是什么事啊？"

直人用一种很羡慕的口吻说：

"哲郎你出场了呀。"

"只是名字一样而已，上礼拜不是跟你们说过了吗？再说哲郎这个人物早就出场了。"

直人有些得意地说：

"哲郎，你的山地车是什么颜色的？"

我那辆TREK山地车的车架是蓝色的。

"你明知故问吧，是蓝色的。"

"那就对了。这周连载上有'哲郎'推着一辆蓝色山地车，和燐架在高中停车场里对话的情节。而且小说中的停车场也位于校舍深处，里面长着很多青苔。"

高中的停车场总是很潮湿的，水泥墙面上长着一点又一点的青苔。今天傍晚发生的事真的在那部手机小说中出现了？是有人偷看到我和沙里奈说话，或者只是纯粹的偶然？直人给出了一个再简单不过的回答。

"要说是偶然，那只有百万分之一的可能。唯一的解释就是，哲郎班里的那个魔女就是《空中十字架》的作者。"

"唔，我明白了。我马上就去看，谢谢你，直人！"

结束通话后，我起身用手机登陆"两个人的彩虹"的主页。在昏暗的房间中，小小的液晶屏显得如此耀眼。没过多久，液晶屏上就浮现出一篇有很多换行、用语也很简单的文章。不用去书店在书海中左顾右盼，只要动几下拇指就能找到自己想看的书，这还真是方便。我集中精力，开始阅读那大概有十二页的最新连载。小说经常换行，一页得有半面是空的，十二页很快就读完了。

这期连载的主要情节是燐架和哲郎的对话。小说里两人所说的内容与傍晚我和沙里奈之间的对话简直就是一个模子里刻出来的。稍有不同之处在于，小说中的哲郎好像喜欢燐架，所以劝她跟男友分手。燐架的男友是一个在歌舞伎町当男公关的人渣。他不光脚踏N条船，而且还对每一个女人都说你是我的最爱。燐架的家庭关系复杂，平日里得不到来自亲人的关怀，所以只要听到有人说自己是他的最爱，就会很傻很天真地投入对方的怀抱。

这天夜里，我不带邪念地重新读了一遍《空中十字架》，最后得出结论：这部作品虽称不上是杰作，但也不是很差。小说中经常出现女主角遭受到突如其来的不幸的情节——我真想不通，似乎大部分女生都很享受这种自己待在安全的地方，眼看别人遭受灭顶之灾时的快感！如果作者真的是和我同年，并且在同一所二流高中上学的沙里奈，那这部作品可以说是非常了不起了。

星期三傍晚，这次换成是我在等魔女放学。

我扶着蓝色山地车，悠然地站在校门旁等沙里奈出来。我后背靠在护栏上，嘴对着宝特瓶喝了一口已经变温的饮料。不知为什么，在夏季的傍晚喝饮料，喝上去总觉得有一股眼泪的味道。透过透明的瓶身，我看到夕阳就像一个巨大的蛋黄一样摊在地平线上。

沙里奈没有跟她一起回家的朋友。她穿过生锈的校门，看见我时，眼中闪过了一丝怯意。但接下来她并没有显得不高兴，或许是因为我站在她的侧面，即便有什么变化也没看见吧。我和沙里奈聊过天，又把她不希望我看的小说细读了两遍。所以这位同班同学即便会有什么不爽的表现，我也能理解。

沙里奈轻叹了一口气说：

"最新的一期你也看过了吧。"

"嗯，所以我有些事想问你。"

我和沙里奈走下人行道，来到划着白线的马路上。两人隔着一条像是会发光的白线，那条白线就像决不允许跨越的国境。

"田部同学，你家住在什么地方？"

"八丁堀。"

"哦。"

穿过新大桥街，我们朝八丁堀方向拐去。新富町、月岛、佃、八丁堀、新川、箱崎町，这附近的几条街都与狭长的运河相连。江户时代没有货运卡车，只能靠船舶运送物资。走进老街，四周已不再是繁华时尚的东京，而是飘散着怀旧气息的江户。没有在东京住过的人或许不知道，东京并不是一个只有高楼大厦的繁华之都。

沙里奈和我坐在龟岛川的水泥堤防上。这座堤防看来有些年头了，表面裂纹里的砂石就像浮雕一样鼓了出来。运河的水是墨绿色的，不时有驳船从河上驶过。我把凝结在胸中的那些疑问向沙里奈全盘托出。

"田部同学，我没想到你有写小说方面的才能。《空中十字架》在那个小说网站上可以说是人气第一的作品。"

网站首页上就有人气小说的点击排名。我每次去看时，《空中十字架》都位列第一。

“是这么回事儿，但我总觉得很没有真实感。”

我瞥了一眼她的侧脸，发现她的表情很不高兴。水面倒映着夕阳的余晖，沙里奈的脸庞就像魔女一样被染成了橙黄色。

“当NO.1有什么感觉？”

这似乎并不值得拿出来自夸，但我做什么都没有当过第一。学习也好，运动也好，甚至在玩儿上我也没有特别优秀的地方。总之我就是个彻头彻尾的平凡的十六岁高中生。

“感觉就像‘二重身’，也就是另外一个自己。无论那家伙在网站上被读者们怎么吹捧都是那家伙的事，跟我一点儿关系也没有。”

“但在停车场里发生的事，是你的亲身体验吧。”

生气啦？她的脸上泛起了一片微弱的红晕。

“小说一直在连载，当然会有写不出来的时候。每当那种情况出现，虽然很不情愿，我也会把生活中发生的事写进小说中。我知道这种做法很不妥当，但既然答应了读者，就不能失约拖稿。”

田部沙里奈长得既不可爱也不美丽，更谈不上温柔，却是个很有趣的女孩。这让我不由得想逗一逗她。

“在小说里，哲郎好像很喜欢燐架啊。”

害羞咯。这次我没有判断错，她的脸顿时红得就像苹果。

“对不起，你别会错意啊。一开始我只是觉得北川君的名字很好听，所以才借来用一下的。”

“没关系，我的名字也很常见啊，你随便用。”

据我所知，就有著名作词家、科幻漫画的主人公等用的是这个很普通的名字。

"其实让我感到意外的是，小说中的燐架要比现实中的田部同学更为阴沉。我想不通你为什么要写小说，在那个网站上发表也没有稿费，大家都是免费下载阅读的。"

一架直升机从头顶上飞过，东京就连天空也非常繁忙。沙里奈注视着直升机说：

"是啊，根本就没有钱赚。混出名了又能怎么样，我也不知道。但家里现在很乱，所以我就想写一个比我还要惨的女孩来平衡一下。写一个女孩总是遭遇不幸，心情突然恶劣，身边坏事一箩筐，这样来进行自我安慰。你知道吗？我家那两个正在闹离婚呢。"

她说这段话时，我几乎忘了呼吸。河水轻拍着水泥护岸，发出的细微声响像是在搔弄我的耳根，让我觉得非常痒。

"是这样啊……"

沙里奈的表情十分平静。

"是啊。写小说又能怎样？根本无法改变大人的世界。爸爸妈妈心意已决，他们是铁了心要离婚的。"

沙里奈说得斩钉截铁。她是想通过这样的方式来宣泄自己遭受的不幸，所以才会去写那样的小说吧。如果我也遇到了同样的事情，并且只能用一篇长文来表现那种绝望的心态的话，恐怕打死我也写不出来。我是那种规定读后感要三页，最多只能写两页多一行的家伙。

"原来是这样。离婚呀。"

沙里奈抓起一把生长在水泥缝隙里的杂草,投向夕阳下的运河。绿色的草叶漂浮在身旁的水面上,渐渐地朝东京湾飘去。

"随随便便地结婚,随随便便地把人家生出来。到最后不好了又随随便便地离婚。谈什么恋爱,结什么婚,大人都去死吧。说到底都是为了满足自己的欲望。为了做爱而恋爱,婚姻家庭都是为了掩饰欲望而编造出来的借口。"

河风吹过,运河河面上泛起一层涟漪,就像老人脖颈上皱纹一样。

"你这几句话是小说里的台词吧。我记得是那个抛弃燐架的男公关说的。他叫什么来着……"

"光秀。"

"对,光秀。一个战国武将的名字。小说中那个牛郎俱乐部里的男公关都叫这样的名字。"

我想缓和一下当时的气氛,便借机说些轻松的话题,但沙里奈仍旧沉着一张苦瓜脸注视着面前的河川。过了一会儿,她突然扑哧一声笑了出来。

"不过,还真奇怪啊。"

"奇怪什么?"

"本来写这部小说就是为了发泄,所以打算写个两三回就结束的,却没想到在国内读者群中引起了如此大的反响。具体原因我不知道，或许有很多人都像我一样，对活着感到很痛苦吧。"

这我就更加不懂了。我眼中的女孩子都是装扮可爱，追求时尚，充满了青春的活力。也有人热衷于搜寻帅哥，努力和帅哥交往。简单地说，大家看上去根本就没有什么烦恼可言。然而这只是表面现象，或许她们的内心中已经对扮演阳光少女感到疲惫不堪。

"不过也托她们的福，最近出版社一个劲儿地打电话给我，烦都烦死了。他们说让我出书，还保证能够大卖。"

我注视着这个或许真能成为作家的同班同学说：

"那你想借这个机会出道吗？"

"或许吧，说不准什么时候。反正离婚后妈妈也拿不到多少钱，刚好用来补贴家用。不过，这还要看哲郎君的意思。"

哎？怎么突然提到我了？沙里奈从堤防上站起身，像个男孩子那样，使劲拍了拍屁股上的尘土。

"D班的魔女就是《空中十字架》的作者燐架这件事，我希望哲郎君能替我保守秘密。如果你能答应我的请求，我还会继续写作，说不定以后就能成册出版。但如果现在就曝光的话，恐怕我就没有勇气再写下去了。就算不为这个原因，那个班上也没有我的容身之所了。"

对于她的请求，我该怎么回答比较好？我生怕自己说错了话，把一个未来的大作家扼杀在襁褓之中。坐久了屁股会觉得很热，我也从堤防上站了起来，挥挥手去拍打牛仔裤上的尘土。沙里奈先行一步，我急忙跟在她身后。

"我知道了，我也是燃架的书迷。如果《空中十字架》烂尾了我可是会伤心的。你放心吧，我会替你保守这个秘密，希望你能写出更有趣的小说来。"

堤防内侧排列着新建住宅那不规则而又小巧精致的房顶，外侧当然是运河那波澜不惊、平坦而单调的水面。仅凭一条灰线，就将这风格迥异的两面给分隔开来。此时我和沙里奈这两个十六岁的孩子，就站在这条灰色的线上。无论朝哪边走都只有一步之遥。这是一条区分大人和孩子的灰色线段。头顶上是千百年来从未变化过的天空，寂寥的暮色在夏日傍晚的天空中映现出来。

沙里奈跳到截断堤防的水泥台阶上，边跑边说：

"好的。那我就把燃架书友会NO.1的会员号送给哲郎君，并且赠送亲笔签名的珍藏本给你。"

"那太感谢了，非常荣幸。"

也不知道从什么时候开始，沙里奈不再直呼我的姓氏，而管我叫哲郎君了。我也走下台阶，青草的气味和夏日河川的气息顿时充满了肺叶。我扶起自行车，和沙里奈并肩走在一起，慢悠悠地朝我熟悉的街区走去。

Metro Girl

我喜欢坐地铁的理由之一，就是可以在车厢内仔细地观察他人。

大都市的地铁里有各种各样的人。我就见过泪流不止、号啕大哭的中年上班族，还有刚吃过奶油意大利面（一闻就知道）就不慌不忙化妆的OL。

当然这些人都不是我观察的主要目标，我的观察重点还是那些女生。在公司里上班的大叔和土气的自由职业者，多看无益。只要乘上有乐町线的地铁，我就忍不住开始给车厢内的女生排座次。那个女孩子很可爱，可惜腿太粗了；那边那个身材很好，但总体感觉一般。我很享受这种给人评分的感觉，每次都玩得不亦乐乎。

当然也有"收成"不好、连前三名都排不出来的时候。但在这种时候或许会出现一个十分可爱的女孩，让我忍不住幻想如果能和她结识并且交往该多好啊。很可惜,这种妄想通常在地铁驶过银座一丁目站后就会破灭。空荡荡的车厢就像盒被吃光的罐头。有乐町线还真是没人气啊,而且这种情况多年来一直没有改变过。

一直以为偷偷摸摸地寻找"Metro Girl"只是我个人的爱好,但经过这个夏天之后,我才发现这个想法是错的。男人的思考回路果然都差不多。无论多聪明的男人(比如阿润),还是多胖的男人(比如阿大),或者多"老"的男人(这章的主角直人),其思维方式在本质上都是半斤八两的。

看见可爱的女生就会单纯地感觉身心愉悦。或许应该对上帝说一声谢谢,感谢他老人家在男人复杂的脑袋里偷偷地加入了这样一种条件反射。这个世界还真是古怪,看漂亮女生会感到高兴,但想和女生交往却是一场磨难。即便如此,在交往的过程中也会有让人觉得幸福的地方。这或许就是调节平衡的微妙之处吧。

"直人过完生日就Sixty了吧。"

难得从阿大嘴里听到英语单词。周六的傍晚,我们三个坐在月岛站前一家名为"Macdonald"的咖啡屋的二楼。窗外的西仲通还未等周末的夜晚降临,就已迫不及待地变身为步行者的天堂了。直人做定期检查的圣路加国际医院就在咖啡屋的对面。

"你又说错了。不是六十岁,是十六岁才对。"

阿润说着,喝了一口杯子里的冻咖啡。英语里的Sixty和Sixteen听起来的确很像。我傻呆呆地开始思考一个问题,直人到底离哪个年龄比较近呢？直人身患名为"维尔纳氏症候群"的早衰症，虽然跟我们一样只有十六岁，但他的肉体却处于几何状的飞速老化状态。阿大盯着对面神社屋顶上的黑瓦，一脸严肃。我开口说：

"阿大你怎么了，突然变得一本正经的？这可不像你呀。"

"唉……"

阿大叹了一口气，T恤衫下那两块积满脂肪的肥肉随之抖动。阿润有些不耐烦地说：

"怎么了啊？你一脸严肃的样子，让人看着很不舒服。"

阿大抬头看着我们，一张脸就像被焊住了似的，笑不出来。

"两年了啊。那件事已经过去两年了。"

"什么两年了？"阿润说。

"你忘了啊，就是我们在涩谷找援交妹送给直人当礼物那件事。"

经阿大这么一提，我就想起了那个叫理香琳的女孩。虽然她总能让我联想到薄荷烟味和不耐烦的表情，但我仍旧觉得她是一个美到爆的女孩儿。

"对对，理香琳。那个大美女。"

阿润来劲了。

"真的啊，真是大美女。那时候我恨不得能代替直人去生病呢。"

阿大被这番奇论囧到不行。

"拜托你脑袋清醒一点。说起来，直人已经十六岁了。还记得我们在图书馆里查医书的事吗？"

阿润和我无言地点了点头。我们是不会忘记直人身患何种病痛的。

"我记得那叠复印件里有一张生存曲线图。"

阿润眼镜后的目光变得暗淡。

"唔，是的。到三十岁后，曲线就变成了抛物线。"

"是啊，你说的没错。其实我昨晚想了一夜。如果直人在三十岁就死了，那现在对他来说不正是人生的中转点吗？"

中转点？没想到阿大居然会谈起如此严肃的话题。我们三个沉默了半天，只听见冷气机发出微弱的声响。阿润开口说：

"是啊，对直人来说，他的人生已经过了一半。"

我试着想象。假设人的平均寿命是八十岁，那中转点就是四十岁。四十岁对于我、阿润还有阿大来说都还遥不可及，但直人却与我们背道而驰，他会在四十岁前就走完一生。此刻的他已经步入了人生的后半场。不再为前进而活，而在为归去而生。这时阿大那庞大的身躯中挤出了与身形不符的细微说话声。

"一想到这些我就觉得很伤心。今年我们送的礼物太烂了。"

今年大家凑钱买了三十张无码色情DVD送给直人。我们在网站上精挑细选，每十张一组，放在塑料文件夹里装好，包成礼物。虽然那三十张DVD让我们整整疯狂了一个月，但那种东西带来的热情，来得快去得也快。现在已经没人想看了。

"想来想去，我们也没什么可以为直人做的了。"阿大说。

"是啊。为了那个少白头，我们操碎了心。"阿润强装出若无其事的样子。

他的话听上去很冷，但阿润这个喜欢装酷的四眼仔内心其实已是感动得要死了。

"唔，你这小子还真有趣啊。自己的事一点也不放在心上，别人的事却这么劳心。你看直人、夕菜，还有大雅，不都是这样吗？"

我也这么认为。阿大就像阿润说的那样，是个货真价实的老好人。从我们在小学里认识开始，他就一直没变。或许不是他没变，而是我们几个本质上还像小学生一样根本就没有长大。

"所以我在想，要为他做点什么。暑假就快到了，如果能在此之前让他留下什么美好的回忆就好了。"

阿大拍拍胸口，肥肉抖了三抖。

"说起十六岁，就少不了女孩子。最近没有没有听直人谈起过女孩子啊？"

没人回话，阿大高兴地说：

"哲郎！这事就拜托你了！"

我嘴里的可乐差点喷了出来。

"我靠！为什么拜托我啊？别开玩笑了。"

阿大一脸严肃地说：

"因为大叔我工作和学习都很忙呀。"

阿润这小子立马接茬道：

"是啊，小生我学习也很辛苦的。虽然本天才要想考个高分也只是洒洒水的事，但不管怎么说，我还是离直人太远了。要做直人的蛔虫，我看最悠哉的哲郎就是不二人选。"

Shit！为什么轮到有事要我干就说我"最悠哉"了啊？不过阿大和阿润也不是胡说，他俩的确很忙。看来，下次在只有我一个人的场合下，我还是别跟呆头胖子和毒舌四眼仔出来的比较好。

"好吧好吧，我去问就是了。"

"乖，听话。"

说着阿大就拿起"大号"薯条，像喝果汁似的，咕噜噜往他那张"大"嘴里倒。他这"阿大"的名号还真不是盖的，光是那副吃相就让我觉得胃部不适。一旁的阿润又说：

"这事可别拖太久了，最好暑假前能问出来。"

"知道了。"

这两个家伙，真会使唤人。

于是第二天，也就是周日，我就把直人约了出来。我说有话要问他，让他到他家楼下一家高级餐厅里等我。我坐在窗边的位子上，注视着在隅田川上来回航行的水上观光巴士。水上观光巴士的外观很奇特，看上去就像是漫画家设计的宇宙飞船，或者是一只玻璃造的大虫子。

"有什么事吗？"

直人在一所教会开办的私立高中上学。和初中时比起来，他的穿戴看起来更加新潮大方了。虽然为了防紫外线而穿着件长袖T恤，外面套了一件格子花纹的短袖衬衫，但在他的脖颈上却能明显看到像老人一样的皮肤褶皱。我想起了阿大所说的人生中转点，不禁打了个冷战。

"没什么大事。最近交了个女朋友。"

我真是说谎都不打草稿。其实女孩子对我来说就像浮云一样，有没有都无所谓的。直人当真了，他探出身子问道：

"是吗？那女孩子怎么样？"

我在想，跟班里哪个女孩关系比较好，但支支吾吾半天都没个头绪。想来想去只有两个人比较合适，一个是伪娘町山正秋，还有一个是写手机小说的田部沙里奈。虽然正秋的身材很正点，但他毕竟"还"是个男人。于是我就参考沙里奈的体型对直人说：

"个子小小的，很结实。看上去有点胖。"

直人一脸疑惑地问：

"哲郎你喜欢这种类型的吗？"

"不是不是，身材可能一般，但眼睛圆圆的，大大的，很可爱呢。"

要称赞自己不喜欢的女孩果然没那么容易。我见他还没反应过来，忙道：

"最近要和那个女孩进行第一次约会，但就我一个人去的话，总觉得很紧张。所以直人能不能陪我一起去？"

直人皱起了眉头。患有早衰症的他一皱眉就更像老人了，好像一下子老了十岁。

"我是没关系啦，反正我也是单身。"

紧接着我又发挥出最大限度的演技，表现出若无其事、毫不关心的样子，盯着窗外随口问道：

"哦，现在你有喜欢的女孩吗？"

直人好像很难回答这个问题，我立马把视线转到他的身上。他看上去好像很困惑，一双眼睛慌慌张张地在餐厅里扫来扫去，轻声说：

"哎，有的。"

他好像生怕会惊吓到谁似的，明明四周没人，却压低了声调。

"但这件事你绝对不能告诉那两个人哦。"

那两个人？他指的肯定就是小学时就认识的死胖子和四眼仔。直人真可怜，被人卖了还在帮人数钱。

"你放心。那俩家伙总喜欢把别人的事当成噱头乱讲。先别管他们，那女孩是谁啊？"

"你等等。"

直人从牛仔裤手袋里掏出手机，打开图片文件夹，把手机递到我面前。

"我只有这一张照片，拍的不是太好，但能看清。"

我把视线集中到只有名片大小的液晶屏上。照片的背景好像是地铁月台。从月台的布置来看，像是有乐町线上的永田町站。一个女孩子身穿白色半袖衬衣，衬衣上打着缎带，站在月台的一端。她的长发漆黑，犹如一道黑亮的瀑布。女孩给人一种忧郁的感觉，与其说是可爱，倒不如说是像传统日本女性那样端庄美丽。眼角细长而清秀，瞳仁熠熠生辉。

"拍得很不错嘛。直人，你的手机可以在拍照时消声啊？"

直人摇摇头说。

"这是地铁进站时抓拍的。地铁的声音很大。"

我很佩服直人的勇气。

"万一被抓到了你怎么说？"

"我就说自己是地铁发烧友，然后撒腿就跑。哈哈，但肯定跑不快。"

我也笑了笑。然后装出无意的样子问：

"那个女孩的情况，你知道多少？"

直人一脸得意地说：

"她穿的那套夏装是御茶水清水女子学院的制服。领子上有两条线，说明她是高二的学生。早上七点二十分和下午四点零五分一定会出现在有乐町线的月台上。"

看来，搞不好直人还有当秘密调查员的天分。

"那她叫什么名字？"

直人在开足冷气的餐厅里耸耸肩。

"不知道。"

"那她住在哪里？"

"不知道，我有一次想跟踪她，结果她在丰洲下车了。当时我因为坐过了站，没办法走出检票口，所以不知道她具体住在什么地方。"

我越发佩服直人了，真没想到他是个如此主动的人。不过大家年纪都不小了，会主动关心心仪的女生是很正常的事。

"那直人你想和那个女孩子交往吧？"

直人一脸遗憾地说：

"交不交往的没关系，只要能在地铁上看到她，我就很满足了。"

我又拿起直人的手机看了一眼，那女孩的确是非常少见的类型。直人只要看一眼就很满足的心态我也理解。但"那两个"是否能满足于此？这种事别来问我。我通过撒谎来套直人的话，已经觉得无地自容了。

"是这样啊，不过能多看一眼也是好事。"

为了掩藏起罪恶之心，我决定像以前那样摆出好人的样子。其实我对这种做法已经有些厌倦了，或许我一生都会担任这样的角色。直人的脸像乐开了花似的。

"呵呵，你说的没错。自理香琳那件事以来，她还是第一个让我心动的女孩。"

怎么越说越凄惨了？我真怕自己会管不住嘴而吐露出真相，于是就拼命地把那杯已经化了一半的巧克力冰激凌往嘴里塞。

就这样，我们三个在第二天的傍晚时分，赶到永田町站的月台上等待直人。你们应该可以很轻易地想象出，当直人看见我们时，他的表情有多惊讶。还不到下班高峰的时间，月台上十分安静。直人尖起嗓子问我们：

"你们怎么会在这里？"

阿大奸笑了两声，没有回答。阿润对此则干脆无视。直人捅了一下我的肩膀。唉，没办法。

"我把你的事告诉他们了。"

直人有些气愤地说：

"不是告诉过你，绝对不要说的吗？"

阿润冷静地回答道：

"这小子不可能不说。因为哲郎探员身怀使命，他的任务就是打听你最近的男女交际情况。"

直人的脸唰的一下子红了。

"那……今天你们来，是要……"

阿大挺起胸。T恤下那两块肥肉简直有G罩杯那么大。

"交给大叔我来办吧！让大叔再送你一份特别的厚礼！"

直人在月台上左顾右盼，不知道该怎么办才好。

"行了行了，你也别着急。就交给我们来办吧。两年前我们已经在涩谷锻炼过怎么和女孩子搭讪了。你就放心吧。"

有时候我还真羡慕阿大这股傻劲儿。两年前去找援交妹的时候，他居然直接对人家说："能和我援助交际吗？"自然是吃了不少白眼。阿润又说：

"谁去搭讪，就用猜拳来决定吧。"

我一听这话，赶忙说：

"直人的事情是我套出来的，要猜你们两个猜，我可不参加！"

阿大竖起食指摇了摇说：

"NO，NO。不能区别对待。来吧！输的人第一个上，我先出布……石头剪子布！"

喊得这么快，我出了剪刀，就发现阿大和阿润出的都是石头。我的神呐！那两个小子居然还当众击掌。我就差哭出声来了，用膝盖想也知道他们肯定在使诈。

"要找个怎样的机会上去搭讪比较好呢？"

阿润开始思考这个问题。

"就等她在丰洲下车的时候吧！"

直人突然叫起来。

"她来了！安静！"

那个女孩身穿白色半袖罩衫，蓝色百褶裙，手上提着一个镶有校章的黑色皮革包。照片上看不出来，其实真人比照片里高很多，大概有一米六五左右吧。百褶裙的下摆随着她的步伐轻晃，就像柔嫩的海藻轻抚着她的长腿。那个女孩一脸严肃地朝我们望了一眼。很奇怪，她的右腿好像有些跛。左手提着包或许是为了保持身体平衡，但这样做反而使整个身体都向左微微倾斜。阿润轻声说：

"别发出太大的动静。各位，都准备好了吧。作战开始！"

直人看着我，我们两个都有种被逼无奈的窘迫感。我的心情太过紧张，以至于都没太注意铝制车厢滑入月台时那刺耳的噪声。我们四个就跟在那女孩后面，一前一后地走入有很多空位的地铁车厢。她靠在出入口的自动门上，眺望着车外昏暗的水泥隧道。

我们站在离她稍远的地方，不敢大声说话。如果她发现我们是一伙的，势必会心生戒备。此后的十分钟竟会如此漫长，要是地铁就这么开下去，永远也到不了丰洲就好了。但电车就像计算过一样，精确无误地驶入了车站。

驶出月岛站后，下一站就是丰洲站了。阿大不慌不忙地说：

"就要开始行动了，别紧张。加油啊！哲郎！"

唉，事不关己，说得再好听也没用。直人说：

"现在放弃还来得及，万一搭上腔可就没退路了。"

阿润和阿大一齐摇头。阿润又扶了一下眼镜，这是他紧张时的小习惯。

"不行！不管结果怎样，先试了再说。这可不是闹着玩儿的，这小子要替我们送给你一份大礼。你说是不是啊？前辈。"

这小子又在拿早衰症开涮了。直人和我们一样都只有十六岁，但他的人生已经走完了一半，或许真可以算得上是我们"人生的前辈"。但这位前辈现在紧张得脸都发青了。

这时发生了一件怪事。看着直人的脸，我突然觉得很安心。其实直到刚才为止我还没想好搭讪时该说些什么，但现在我觉得这都已经无所谓了。为了直人，豁出去了。

在车厢内噪音的掩盖下，我悄声对直人说：

"你放心，我不会搞砸的。"

也就在我做出决定的同时，地铁滑入了丰洲站的月台。月台上的荧光灯闪着刺眼的亮光，如果要搭讪的话，那就要赶快行动了。不然，等四周的人都走光了，她肯定会对我们充满戒心的。

气阀响动，地铁车门全部打开了。那个女孩走下月台，我跟在她身后喊道：

"对不起，打扰一下。"

周围的上班族都回头看着我，伫立在原地的她也面无表情地注视着我。看来人类在极度诧异时，脸上的表情会是一片空白。紧接着我就说出了如下这番话：

"我是新富高中一年级的北川哲郎。我有一个朋友想和你交个朋友。你能和他聊聊吗？只耽误你三分钟时间。"

拥挤的人群在月台上逐渐散开，上班族和学生们都往自动扶梯的方向走去。我们几个就像溪流中的石头那样，伫立在当场。这样的场景就好像我们几个在拍MTV，此刻四周的人都是龙套，只有我们才是主角。人只要活在这个世上，一辈子总有几次会成为主角。那女孩面无表情地对我说：

"我明白了。那就三分钟吧。"

我朝身后的三人摇摇手。离我有数米远的阿大看见我摆出OK的手势，胸口的肥肉也激动地抖了两下。阿润冷静依旧，而直人的面孔则像信号灯似的，由青色变成了红色。我对那女孩说：

"那就请到那边的长椅上坐一下吧。"

我走在前头，她默默地跟着我走。这时乘客差不多走光了，月台内显得很空旷，我们走到一条长椅旁坐下。几个人挨个坐在空荡荡的地下大厅里，这种感觉真是挺奇妙的。

"可以告诉我你的名字吗？"

她把黑色提包放在大腿上，两只手端端正正地搁在提包上。

"岛园结香，清水女子学院高二学生。"

我看了一眼直人。

"那边那个叫岸田直人，是圣乔治高中一年级的学生。"

结香抬起头，若无其事地看了一眼直人。半白头，布满皱纹的脸庞，只有两只眼睛像十六岁的孩子那样清澈。

"直人得了一种病，那种病让他衰老的速度比一般人要快好几倍。他每天都能在月台上看到岛园同学，便对你一见倾心。"

这个要比我们大一岁的女高中生仍旧面无表情。她只是一个劲儿地低头盯着自己的右脚。此时我冷静得简直有些异常，以至于发现了一个大问题。其实说什么不重要，更重要的是打破沉默，好让我们的谈话继续下去。

"我们当然不是想让岛园同学马上就答应做直人的女朋友。先从普通的朋友做起也没关系，所以岛园同学你是否能考虑一下跟直人交往看看？"

阿大在阿润耳边窃窃私语。于是阿润拉着直人走到一边。阿大扑通一声坐到了结香同学的身边。

"那家伙得了一种三十岁就会死的病。前不久他刚刚过了十六岁的生日，他的人生或许只剩下一半了。所以我们几个才想尽办法，想要找一些好东西当做礼物送给他。"

阿大绝不是一个只有庞大身躯的笨蛋，他要是认真起来，绝对比我们几个都要有说服力的。他摸摸那颗光头，笑着说：

"而且那小子的家里很有钱，你只要和他交往那么一下下，我们三个也可以跟着吃香的。你说这种你好我好大家好的事情哪里去找呀？"

我被他雷得差点喷了出来。这套劝人的说辞未免太直接了。结香同学听后妙目圆睁，抿着嘴扑哧一声笑了出来。十七岁的女高中生说：

"我是没关系啦，但我的脚不方便，不像你们那么会跑。而且打扮很土，性格也很阴暗。"

我和阿大几乎异口同声地说道：

"猜对了！"

阿大摇摇晃晃地站起身，把站在远处的阿润和直人叫了过来。一根筋的家伙果然天下无敌，我对阿大佩服得五体投地。一旁的结香同学有些害羞地说：

"男孩子就是好啊，单纯，直接。"

我点头表示同意。

"但也蠢得要死啊，白痴，没心机。不是吗？"

其实应该再加两条才对。好色，喜欢围着女人屁股转。但现场气氛如此和谐，我又怎么忍心破坏呢？三个人回来了，直人低着一颗"熟透了"的脑袋，又重新做了一番自我介绍。这时一班地铁进站，直人的声音被遮盖得几乎听不见，但在场的人都没有在意。

我们五个人走上长长的自动扶梯，穿过检票口，站在通往地面的台阶上。我抬起头才发现，此时水泥墙包裹的正方形天空已经染上了一层淡淡的粉红色，纯白的云朵只有边缘散发出灿烂的红光。

走完台阶，结香同学和直人举行了交换电邮的仪式。其余三人则抱着胳膊注视着这严肃仪式的进行。

"再见，直人君，我们电邮联系吧。今天有些小小的惊讶，但我很开心。"

说完，结香同学就拖着有点跛的右脚，往丰洲填埋地那宽广的人行道上走去。阿大依依不舍地说：

"唉，这种只有在老电影里才见过的女学生，给人的感觉可真好啊。"

就连看AV只看人妻系列的阿润也不禁连连点头。

"是啊，不像现在的女孩子那么叽叽喳喳，也不会去做什么毫无意义的日晒。端庄娴雅，多漂亮啊。如果不是直人，能介绍给我就好了。是吧？直人，把结香同学的电邮告诉我，暑假作业我帮你做一半。"

直人慌忙把手机塞进口袋。

"死也不干！"

我笑着说：

"现在干吗？坐地铁回月岛？"

阿大摇摇头。

"天气这么好，只有一站路，干吗还要坐地铁？走回去吧！"

凉风吹过水泥路面。夏日傍晚的天空就是一场由云和光出演的Show，落日的余晖把大楼西侧所有的窗户都涂抹上了玫瑰色。我们四个就像是西部片里的枪侠，排成一排踏着夕阳，背光行走在宽广的人行道上。

四人合力要到了可爱女生的手机电邮。这场夏日大作战的战果让我们心满意足。

Walk in The Pool

泳池里的水还真是神奇的玩意儿。

溅到身上的时候感觉有点凉，又有些温。有时候清爽滑肤，有时候又像果冻一样很有弹性。真搞不清楚这池子里的水到底是液体还是固体。尤其是像现在这样的盛夏时节，水中弥漫着漂白粉的气味，温度也比平时要高，让人感觉就像在透明的血液中游泳。

这个夏天，我们四个的My boom[1]是到月岛体育广场的二十五米泳池中嬉戏。对于囊中羞涩的高中生来说，这里每人两小时三百五十日元的价格十分实惠，所以我们几乎每天都来。毕竟，高中生若是不打工的话，到了暑假就会很闲的。而且这座游游泳馆的屋顶是可动式的，到了晴天就会自动打开，里面的人抬头就能望见一片片重量大概有上千吨的积雨云从天空中飘过。我们可

1　由漫画家三浦纯发明的和制英语，意为只有自己热衷的爱好。1997年这个词被评选
　　为当年的流行语之一，但仅过了几年就变成了鲜有人使用的"死语"。——译注

以一边仰泳一边追赶着天空中的云彩，因此这短短二十五米距离所带来的乐趣是无可替代的。

唉，游泳馆虽然很豪华，却也只是区级的。只有在这种时候，我才觉得要是能住在中央区该多好啊。话虽如此，但这座游泳池带给我的回忆，在我人生的十六个夏天中是无与伦比的。

那是青春的甜蜜的回忆。

想要制造出甜蜜的回忆这种东西，绝不能少的就是一个少女。如果那个女孩既漂亮，身材又赞，那就更好了。真麻长着一张连电视和杂志上也没有过的俏脸，但在我们看来，这简直就是上帝的恶作剧。这话是什么意思呢？确切地说，她的美貌的确完美无缺，但那个性格（至少是一开始的性格）简直是烂到家了。

闲话少说。在这回的故事中我是主角，讲的是在我们四个的影响下，一个超级无敌美少女如何"沦落"成一"只"邻家女孩的夏季故事。

但我想特别申明的是，就是这样一个任何人都触手难及的无敌美少女，在和我们一起吃文字烧时，门牙上也会黏上海苔，无拘无束地哈哈大笑。那样子和随处可见的邻家妹妹没什么两样。但在我们看来，却比摆Pose时还要美上百倍。虽然真麻长了一张美神所赐的俏脸的确羡煞他人，但最后她的长相反而像赠品一样不那么重要了。

没有人可以选择自己的容貌，这就和没有人可以选择自己出生的时代和健康的肉体一样。但人却可以在骂骂咧咧地抱怨自己被赐予的东西的同时，反复自我安慰自我安慰，最后生存下去。这或许就是人生的玄妙之处吧。我是这么想的。

　　如果人类可以选择的话，无论变成帅哥还是拥有九头身的完美身材，只要过一天就会觉得稀松平常。

　　"踩水公主又来了哦。"

　　戴着近视眼专用护目镜的阿润对我说，我抬头望向对面的泳道。泳池中央设置了游泳专用泳道。我们几个身处自由游泳区，剩下的一半是戏水自由区和水中步行泳道。

　　"在哪儿？在哪儿？"

　　阿大这只哥斯拉从水下浮了上来。为了能看清公主殿下的尊荣，他还特意除下了护目镜。

　　"刚才我在水里看到她那条笔直粉嫩的玉腿了。尤其是大腿朝胸部靠拢时那个圆润的曲线，简直……"

　　阿大漂浮在水面上的那堆肥肉因兴奋而扭在了一起。

　　"阿大太花心了。明明和夕菜小姐一起住，还要色迷迷地去看别的女孩。"

　　说这话的直人身穿像奥运选手一样的连身泳装。游泳馆的屋顶在天晴时就会打开，日光笔直地照射在水面上。直人患上的"维尔纳氏症候群"是一种特殊的遗传疾病，这种病对紫外线的抵抗力很差。同样是十六岁，但直人的头发却比两年前更白也更显眼了。

"啰唆，就算和夕菜一起住，我的男儿心可是自由的。看看美女什么的你们就别多说了。"

阿大一边在鱼市打工一边上夜校。他这么辛苦，这点自由还是要给他的。阿润小声说：

"她被你看多了，搞不好会怀孕的。其实直人担心的是这点。适可而止哦，别让救生员盯上了。"

我忍不住大笑起来。我们四个就在这种环境里长大的，大家你一言我一句，说的话也越来越夸张。这就是充满东京庶民区风味的对话，并不一定要用关西腔说才显得搞笑。

"今天本大爷饶不了你！你给我沉到水底去吧！"

"你追得上你就来呀！"

阿润潜入水中，用力踢向泳池底部，来了一个漂亮的自由式。阿大划着蛙泳在后面追赶。两人一前一后游着，看上去就像是虎鲸在追企鹅。身穿连身泳衣的直人把脚踝浸在池水中说：

"那女孩每次来练习，就像是在修行一样。"

我转头去看水中步行专用的泳道。那姑娘扶着泳池的边缘，提臀挺胸，在水中使劲地大步行走。浮在水面上的半个身子上下起伏，原本俏丽的脸庞在变得严肃后，反而给人一种吓人的压迫感。在这个其他人都是来玩水的夏日泳池中，只有她的脸上挂着仿佛在解数学难题一般的表情。

"是啊，那表情就好像在面对生存大挑战似的。"

每次她都是一个人来，中间休息十五分钟，练够一小时后回家。如果我脑子早点开窍，就会趁她每次来练习时候，趁机提升一下好感度，说不定还能抱得美人归呢，可惜庶民出身的我根本就没有考虑过这种可能性。但事情的发展往往会出人意料。话说某日回家的时候，我们在游泳馆那排满塑胶长凳的大厅里，亲眼目睹了踩水公主那极其可怕的一面。

这世上喜欢幸灾乐祸的人还真不少啊。

"哎？那制服？"

阿润用手指着玻璃门入口，小声地说。走出泳池后，我们几个坐在长凳上，手里都拿着葡萄口味的汽水。

"是直人学校的制服。"

圣乔治高中是私立学校中的名门。男生们身穿白色的敞领长袖衬衫配上格子西裤，能将有乐町线沿线的学生妹们迷得七荤八素。此时一个身穿圣乔治高中制服的男生正站在门口。他长得绝对帅气，但不知为什么却紧张得不知所措。男生踟蹰不前，似乎在确认那像旧式检票口一样的活动门，是否就是游泳馆的出入口。

这时，踩水公主换上了一身白色连衣裙，戴着白色宽檐遮阳帽，从馆内走了出来。哇，白色恋人。简直就像可尔必思[1]广告里的代言少女。男子看到公主后，连忙递出一张小卡片。那是在私立学校间很流行的交际名片，上面写着持有者的姓名、住址和联

---

1 可尔必思（Calpis），一种益生乳酸菌饮料。

系方式。或许是太紧张的缘故，男子的嗓门很大。

"对不起！刚才看到您在这里游泳。其实我以前就注意到您了。可以的话，能和您交换电邮吗？"

踩水公主就像从快递员手中接过包裹似的，很随意地收下了名片。然后她连看都不看，就当着男子的面把小小的名片撕成两半、碎成四片，最后用力扯成了八瓣。

"伸手。"

圣乔治高中的男子颤颤巍巍地伸出了手，不知道自己究竟犯下了何等滔天大罪，竟惹得公主天颜震怒。

"拿好，还给你。我没有和任何人交往的打算。好了，快滚开，给本小姐让路。"

对方就像吃了一记重拳的拳击手似的，摇晃着脚步，靠往一边。阿大轻声说：

"好可怕。长得这么可爱，却没想到跟鬼似的。"

换上长袖衬衫的直人说：

"是啊，换成是我，遭到这么大的打击，恐怕一年半载都无法恢复。"

大概是听到了我们的谈话，公主缓缓转过身来，朝这边瞪了一眼。阿润悄声说：

"月岛区民用游泳馆里的贞子。"

我们几个强忍着笑意。公主绷着一张扑克脸，如果被她发现我们在笑，我们绝对没好果子吃。她就像一把碰一下就会血流满地的双刃短刀，销魂摄魄，但谁也没有勇气敢伸手触碰。漂亮女孩在某种意义上来说等同于炸弹，不想死的话还是躲远点比较好。

　　那男人逃跑的样子就像是架起飞的战斗机，而公主大人仍旧缓缓地转过身朝门口走去。我们四个坐在长椅上，开始对刚刚发生的意外幸灾乐祸。他人的不幸果然是最有趣的话题。

　　"如果是我的话，再也不会来游泳馆了。"阿大如是说。

　　"而且再也没有勇气向喜欢的人告白了。"直人如是说。

　　"其实那种坏脾气很合我的胃口。"阿润如是说。

　　轮到我了，就在我要发表犀利言论的那一刹那，天空中的云彩就像漏了一个大口子，雨水哗啦啦地倾泻而下，把游泳池浇了个透。我们透过窗户往外看，那雨下得简直就像一道瀑布。空中飘散的不是雨滴，而是雨水连成的半透明水幕。听说今年夏天经常会下局部暴雨。同样是在东京，明明邻近的江东区艳阳高照，而中央区却大雨倾盆。下雨时能见度极低，甚至看不清马路对面的高楼。

　　"我的天，这么大的雨，怎么回家啊？"阿大说。

　　我们四个都是骑山地车来的。

　　"只能等一会儿啦。不如就趁现在讨论一下暑假计划。"

　　在阿润的提议下，我们开始讨论今年的Summer Plan。会议的重点还是老一套，要怎么做才能骗过家里人，到四处玩耍过夜。

　　大概讨论了二十分钟左右吧。门口的人越来越多，大家都俯视着碧波荡漾的泳池，发愁兴叹。雨一点也没有要停的样子，但空调制冷的效果却越来越差，屋里变得极为闷热。

　　"算了，湿就湿了，再不回去天都要黑了。你们几个方便，洗完澡就直接吃饭。我在睡前还必须做完夜校的功课。"

　　阿大白天在筑地的鱼市里上班，所以晚上的时间对他来说非常紧张。

　　"好吧，反正刚在池子里玩过水，跟淋湿了没什么两样。"

　　我这样说着，于是四人站起来往外走。从游泳馆到西仲通的停车场只有二十米左右，但这短短几步路却淋得我们连内裤都湿透了。那感觉就像是在充满汽车尾气味儿的淋浴中奔跑。但骑上车后，在豪雨中飞驰的感觉却让人无比舒畅。防滑胎将路面上的积水一切两断，在雨中骑车要比游泳更带劲。

　　"太爽了！"

　　阿润放开双手，踩着踏板高声叫喊。远处东京湾的上空浮云散尽，露出了爽朗的晴空。横射过来的日光，把雨滴照耀得像玻璃珠一样闪闪发亮。雨滴砸在自行车和我们的身上，四散纷飞。

　　"这么爽，不如我们骑远点怎么样？"

　　于是我们掉头拐向清澄道，而并非隅田川沿岸。宽阔的步道上无人行走，我们放开胆子驱车四窜。雨水已经占领了我们每一寸肌肤，就连肺里也没放过。

　　"你们看！是踩水公主。"

　　阿润第一个发现了在巴士站里躲雨的公主。这小子不光脑袋灵光，眼睛也很尖。他能比别人更快地发现重要的东西，这算是他的才能之一。

　　"好像是。要不要过去看看？"

　　温柔是直人的优点之一。巴士站外面是混杂着沙土的豪雨，巴士站中的美少女亭亭玉立。这场景美得就像是一幅画，无奈那女孩的性格就像恶魔一样可怕。要想上前打招呼，那可需要莫大的勇气。

　　"就算过去了又怎么样？"阿大对直人说，他胯下那辆淡蓝色的自行车是他父亲送给他的"遗物"。

　　"我妈妈未雨绸缪，她在我的背包里会放了把折伞。我想可以把折伞借给她，但不知道该怎么说。"

　　阿润坏笑着扶了一下眼镜。就算是在这种下雨天，他也不改爱捉弄人的习惯。

　　"你们还记得理香琳吧？那时候我们在涩谷，依次上前向女孩搭讪。"

　　我们怎么可能忘记这出生以来最丢人的回忆呢？我和阿大支支吾吾地回答记得。

　　"那我们就再来一次吧。大家猜拳，输的人去送伞，顺便问她要电邮信箱。"

　　"会被她用伞打的。"阿大说。阿润说没关系。

　　"我先出布……石头剪子布！"

　　四人比了半天还没分出胜负，接着又来了四回，最后一局里只有我这个冤大头出布，其余三人都是冷酷无比的剪刀。唉，看来我天生就玩不过他们。上次为了结香同学也比过一次，我是屡战屡败。

　　"给你，雨伞。不用还我了，快去吧。"

　　"快去吧，骑自行车的王子殿下。"

　　会说这种话的人只有阿润。阿大的胃都笑疼了。我只有硬着头皮，像赴刑场一样走向雨中的巴士站。我关上档位，推着自行车缓缓前进。

　　"你好，这是一把雨伞……"

　　说这话时，我就像刚刚从水中捞出来一样，浑身上下都是水。手里还拿着一把傻子都认识的黑色折伞，用近乎于弱智的口吻对巴士站里的公主说道：

　　"如果你需要的话……就请拿去吧。"

　　那三个家伙站在十五米远的安全地带，在看我的好戏。踩水公主在远处看是小美女，在近处看就是大美女，她的皮肤就像浸在牛奶里的玻璃一样吹弹可破，而那双美瞳亮丽得不禁让人怀疑里面是不是安装了什么特殊的LED装置。

　　"这把伞是站在那边那个叫直人的人的……他说不用还也可以……"

　　她看看天，又看看我手里的伞，耸耸肩笑了。我发觉微笑的女人更危险。

"我还真不习惯向男人借东西，但你特意送过来了，我也不好拒绝。"

说着她便接过黑色三段式折伞，点了点头说：

"谢谢你。我经常在月岛游泳馆里看见你们。你今年多大了？"

"我叫哲郎，那边那三个和我一样都在读高一。你呢？"

她从伞袋里抽出崭新的折伞说：

"我读高二，叫山尾真麻。这把伞下次去游泳馆的时候还给你吧。"

不知是不是太可怕的缘故，我竟然脱口而出：

"刚才你把男生给你的名片撕碎了呢。"

真麻嫣然一笑道：

"啊，你说刚才那事呀。在那种场合下绝不能给对方一丝希望，必须让他彻底死心。不然后患无穷。"

不愧是情场上历练过的猛士。如果有女孩子送名片给我，恐怕不管是谁我都会照单全收吧。

我朝那三个望了一眼，阿润这小子在挥手示意：上啊，快上啊。

"我懂了，美少女还真不好当。其实，我有件事想拜托你，当然你不同意也没关系。其实这是猜拳游戏的惩罚项目……"

她一脸奇怪地盯着我，肯定以为这个比自己小一岁男生的话有些莫名其妙吧。我挠挠头鼓起勇气说：

"……请和我交换电邮信箱。"

她没有笑，也没有生气，只是用极为平常的表情注视着我
说：

"行啊。又不是什么秘密。"

于是我们当场用手机蓝牙交换了电邮信箱。在雨中等待的三人
迎接我的归来，就像迎接骑白马的勇士一样。这是理所当然的啦。

从那天开始，我们每次去游泳的时候，都能和真麻聊上几
句。她虽然只比我们大一岁，却给人一种大姐姐的感觉。尤其是
当她得知直人患有早衰症后，就对直人分外情切。也不知道从什
么时候开始，我们养成了下午两点左右，在大街小巷还没被观光
客塞满之前，躲到文字烧店里休闲放松的好习惯。哪家店就不用
说了，当然是门可罗雀的"向阳花"。

"真麻姐为什么总在练习水中步行呀？"

某天，阿大提出了这个问题。她喝了一口汽水回答说：

"反正不是为了减肥。到底为什么，不告诉你。"

直人说：

"我从医生那里听说，利用水阻健身和普通的锻炼不一样，
它施加在人身上的压力刚刚好。所以水中步行是一种很好的锻炼
方式。"

阿大扒了一大块烤好的明太子芝士文字烧，塞进嘴里。他那

吃相就像条拖网渔船。

　　"那是对生病的人而言的。像真麻姐姐这样身材超群的美女，应该不需要吧。"

　　阿大说得没错，真麻的身材非常好。不像那些杂志上的偶像明星，为了低级趣味而特意整出一对与清纯形象不符的大胸。小蛮腰配上细长的手脚，就像动画片里的女主角。我说：

　　"是吗？任谁也会有一两个难言之隐吧。"

　　阿润的头脑这么聪明，为什么总改不掉在不合时宜的时候跳出来当小丑的习惯呢？只见这小子搔搔刘海说：

　　"只要是真麻姐，无论她传染什么病给我都无所谓啊。"

　　这句话一出口，我就感到真麻四周的气压急剧降低。小店的一角似乎马上就要落下一场暴雨。

　　"我不想听这种话，就算是玩笑话，也不准再说了。"

　　美少女板起脸说道。这下子，就算是月岛第一秀才也为之色变。那天他再也没开过口。

　　那是第几次去"向阳花"后发生的事，我已经记不清了。只记得当时只有我和真麻两个人走在他们的身后。我推着自行车，她撑着阳伞。那天她给人的感觉很奇怪，一整天她都在观察我们四个。在游泳池里，她盯着我们四个的身体，挨个看了个遍，在吃文字烧的时候也一直都在观察我们的手和脸。后来她用别人听不到的声音对我说：

"喂，明天去游泳馆之前，你能陪我一下吗？"

什么情况？！我满脸都是被惊到的表情。

"这件事我只能拜托哲郎君了，你要对他们保密哦。好不好嘛？"

可爱女孩低头哀求时那种惹人怜爱的目光，简直有着必杀技般的威力！充满哀怨的视线就像激光一样可以贯穿天地。我被打中了！不行了！等我回过神来，才发觉自己早已说出：

"我明白了！当然可以！那我们两个要做些什么？"

真麻的表情就像东京夏季的天空一样说变就变。安心，开心，乐到极点，便展露出最美丽的笑颜。

"明天再告诉你。要保密哦。"

和女孩子一起保守秘密是件美事，虽然还不知道这秘密的具体内容。一直到第二天上午为止，各种甜蜜的妄想几乎挤破了我的脑袋。但妄想这种东西本来就不牢靠，因为现实更为残酷。但我活到现在，还没接受过女孩子如此美妙的请求呢。

第二天是星期四，从早上开始就有要下雨的迹象。天空就像张阴阳脸，半边晴空万里，半边阴云密布。天气预报说：晴，有时有雨，特大暴雨。我们约好了在月岛站的检票口见，不见不散。真麻向我打招呼的时候，穿着一身雪白的无袖连衣裙，两条粉嫩的胳膊就像会发光一样耀眼。

"我们走吧，哲郎君。"

她突然拉住了我的手，我的心跳旋即加速三倍。不是夸张，这可是我的"第一次亲密接触"。

"要，要，要到哪里去啊？真麻姐。"

她嘻嘻一笑看着我说：

"涩谷。"

"要，要去买东西吗？"

"不是去买东西。"

这之后不管我怎么问，她都没有告诉我明确的目的。从月岛到涩谷只要二十分钟。我们搭乘有乐町线，换乘半藏门线，走出涩谷站。来到地面，户外的街景就像是夏日的海滩一样。哇，衣着暴露、穿着泳装一样的衣服在大街上行走的女人，简直要用"群"来数。就连四周的气味也像极了海边小屋更衣室里的味道。

"这边，这边。"

走到车站前那个巨型十字路口时，LED屏幕上正在播放黑人演歌歌手的MV，以及银色混合动力车和节电量百分之五十超薄型Display的广告。我们两人登上了一段坡道，坡道顶端矗立着一块石碑，上面写着"道玄坂"三个字。传说曾经有一个名叫大和田太郎道玄的山贼住在这附近，所以此地后来取名为"道玄坂"。在江户时代，这一带还是山贼出没的深山老林呢。

我们又穿过了N个信号灯。真麻继续拉着我的手说：

"这边，这边。"

狭窄的小巷就像一座挂满霓虹灯招牌的山谷，招牌上写着一串串洋文。什么White City、La Bohème、Aland、Star Crescent。我就算神经再大条，这时也明白了这里是什么地方。涩谷周边的坡道上开满了Love Hotel（情人宾馆）。

"真麻姐，你是要带我去情人宾馆吗？"

她毫不掩饰地从帆布包里取出一本杂志。封面上写着"情人宾馆特集"。

"没错，这附近应该有一家新开的才对。"

我怎么觉得，真麻在说这些话的时候带着一种超脱感，她应该隐瞒了什么才对。

"情人宾馆是做什么的，你知道吗？我们还没有开始交往呢！"

她又拿出那种"必杀技"一般的眼神对我说。

"求求你了。好嘛。这边，这边。"

我很清楚自己是个正常的男人。如果此时稍加抵抗，恐怕就会错失良机。之所以拖着两条腿跟着她走，或许是潜意识中的那个期待实在太过诱人的缘故吧。

昏暗的大堂壁面上镶嵌着三十二块电子屏幕。每一块屏幕代表一个宾馆房间。只有空的房间电子屏幕上才有画面出现。现在是周四下午两点，三十二块屏幕中已经有三十块显示有客租用，想不到大家如此"性"情高涨。

"就这个房间吧。"

真麻按下其中一个房间屏幕下的按钮。那房间是巴厘风格的家居装饰。

"哲郎君，你带了多少钱？"

我在回忆钱包有多瘦，想好了便说。

"大概五千日元吧。"

真麻在昏暗的大厅里朝我伸出了手。我看见她手腕内侧粉嫩的肌肤，不禁感觉呼吸急促。

"那就ＡＡ吧，哲郎你出两千四百日元。"

我拿出三张一千日元的钞票，她找了我六百日元。做这种事还要ＡＡ制，我还是生平第一次碰到。拿到钥匙后，真麻就朝电梯走去。镜面电梯门上倒映着两个人，一个是紧张得快要呕吐的我，一个是故作镇定但脸色已经发青的真麻。电梯来了，我和她一人一边钻进了电梯。

"几楼？"

我先走进电梯，手指按在控制盘上问道。

"六楼。"

之后两人就什么话也没说，默默地走进了只租了两个小时的房间。

这是我第一次来情人宾馆。

我不清楚什么是巴厘风还是篱笆风，但那张四角是木雕柱子的大床和藤编沙发什么的，让人想到了避暑山庄。墙壁上那张面具甚至有些可怕。真麻避开我的视线，问道：

"怎么说？哲郎君，你先去洗洗吧。"

我有些犹豫。真麻的确美得让人窒息，如果放弃了这次机会，这辈子可能再也没有机会和这么漂亮的人H[1]了。但我看得出来，真麻她不是因为喜欢我才和我来开房的。

"房间都开了，你还要犹豫吗？"

我找了张沙发坐下，真麻坐在对面的床沿上。她的样子就像是随时都会跳起来似的。

"为什么你会选择我？"我说话的声音听上去比自己想象的还要冷静。

真麻一直注视着我的眼睛，她笑笑说。

"因为你是最适合的人选。无论是性格还是身体。看起来都是最普通的。"

情人宾馆里的空调开得有些冷。那些隐藏在暗处的间接照明设备所发出的亮光，就像是日落十五分钟后西方的天空。真麻突然把手伸到背后，解开了连衣裙上的搭扣。等她站起身时，白色连衣裙就像蜕皮一样，嗖的一声滑到了脚下。白色的内裤和文胸晃得我几乎睁不开眼睛。她双手交叉着放在小腹上，对我说：

"今年寒假我要做一个非常危险的手术。术后我能不能活下来还是一个未知数。"

说完，她就把手从腹部拿开了。一道触目惊心的伤口在停留她白色肚皮的中央，伤口的一端消失在内裤的里侧。真麻现在的

---

1 H这个字母是日语中"变态"一词罗马拼音的头文字（hentai）。此后就引申出下流、色情等意。在本文中是"做爱"的意思。——译注

样子，就像是一座完美的维纳斯雕像。

"所以我就做出了一个决定。如果能好好活下去，就一定要在十七岁时和男人完成我的初夜。十六岁或许还太早，十八岁才做总觉得有点傻。九月份我就要过生日了，所以我的十七岁就只剩下两周。"

真麻越说越快，身子也激动得微微颤抖。但她无论如何也不肯直视我的双眼。她也有害怕的时候。她害怕把这可怕的伤口给人看，她害怕我会因此而拒绝她。看来，无论多美丽的人都会产生同样的恐惧感。毕竟，在我的面前将自己暴露无遗，暴露的不光是身体，还有内心。

"水中步行就是我的康复运动。为了恢复手术失去的体力，我已经坚持了几个月了，但现在不做也没关系了。"

我压低声音说：

"明白了，我只是碰巧被你选上而已。"

如此娇美的身体呈现在眼前，我的小弟弟已经不争气地翘起了半分。毕竟我只有十六岁，这纯粹是生理反应。但我的嘴巴却无视下半身的任性，说道：

"如果你今天和我们之中任意一个H过，那明天该怎么办？大家能像什么都没有发生过那样在泳池边打招呼聊天吗？和不喜欢的人H，如果以后又喜欢上他了，那该怎么办？"

真麻两手遮住小腹，弯下腰去捡脚下的连衣裙。

"手术的伤痕不用挡也可以，因为真麻姐的身体非常漂亮。

其实我也非常想和你H，因为小弟弟已经支起了帐篷，所以我只能一直坐着。但是，你要做手术的事不能成为H的理由。如果今天我们在这里H了，那明天不光是我，连他们三个也没办法和真麻继续做朋友了。"

真麻的眼眶里渗出了一滴晶莹的泪珠。

"对不起，我要谢谢你。哲郎君，我知道你是真心为我好。是我太自以为是了，以为只要提出这样的要求，没有哪个男人会不同意的。但值得庆幸的是，我选择了哲郎君。"

真麻哭着把连衣裙套上肩膀。这时我的内心涌现出了强烈的悔意。为什么后悔我不知道，只知道送上门的美味没了，而且我还非常饿啊。唉，我好想H！

算了，临了我不忘过过嘴瘾说：

"不过我也很高兴你能选我。毕竟我也见过了真麻你的Nice Body。"

至少我能把这么漂亮的胸部看个够，就已经够幸运的了。那一晚我没睡好，满脑子都在回想那诱人的肉体，顺便消灭了一个编队的飞机聊以自慰。但我知道，就算真麻再邀我去宾馆，我也会说同样的话，做同样会后悔的事。

就算运气很好，能和不喜欢的人做一次，我想两人也不会有什么后续。不光要身体喜欢，更要内心喜欢的H才能带来好滋味。别多想了，这都是长大以后的事情，十六岁只要有这个程度的领悟就足够了。

在回家的地铁中，我们的手一直紧紧地握在一起。我们都不再紧张，这是让人感到温馨的Body Touch。这种感觉很像大人，我在心中对自己说了无数遍，你这样做是对的。不这么想我会不平衡，毕竟我所错过的是一个超级无敌美少女的处子之身。

本来我们就约好了，离开涩谷后还要去游泳馆，所以两人都带着泳装。在月岛到站下车，登上通往地面的台阶后，空气中传来了雨水的气味，那是尘土与水泥被濡湿的气味，那是月岛夏季的气味。

雨水将天空淹没了，天空中落下一道白色的雨帘。我对真麻说：

"你带伞了吗？"

真麻摇摇头。

"没有。"

"那我们只能当一回落汤鸡了。"

从月岛站出口到区民游泳馆只有五十米的距离。如果是奥运会选手，大概只要跑五秒钟。但现在淋浴已经变得无所谓了，我们手牵手走进雨中。阿大、直人和阿润肯定已经泡在青色的泳池里了，心中畅想着和美少女说话时的幸福场景。这三个天真的傻瓜。

在这五十米的路程中，我们两人全身上下都被温热的雨水浇透了。我们互相指着对方哈哈大笑，甚至用肚子上的伤疤取乐。

至于这个夏天真麻有没有再邀我去情人宾馆，这是一个不能告诉你们的秘密。

最后还要说一句，夏天果然是最棒的。在游泳馆里仅用一次三百五十日元的价格，我们就学到了一个无比单纯的知识。我们的身体在冥冥之中与一个人有所牵连，最终两人会用它来创造最美的幸福。无论她的性格有多烂，无论她的邀请有多轻率，无论她身上的伤痕有多可怕。只要你喜欢她，她就是你心目中最美的女孩。

秋日的长椅

初中时没有，升上高中后才出现的是什么？

我时常在隅田川的堤防上思考这个问题。不管是在十四岁还是十六岁，忧郁、无聊和不安这些令人烦恼的事物多得都能车载斗量。每天不是在家被父母监管，就是在学校被老师监视。

在这绵绵无绝期的秋日，我终于得出了一个结论。中学生活就是那虚无缥缈的灰色浮云，而到了十六岁后，忧郁、无聊和不安都变成了更为具体的东西。

不受欢迎，一生都无法和女生交往该怎么办？为什么学校、电视、音乐、电影都这么无聊？这个社会有我的栖身之所吗？

整日思索这些严肃的问题，想到后来，都会演化为不安。就算将来能够升入大学，乃至于过五关斩六将，熬成上班族，但我能适应朝九晚五的生活吗？到现在为止，我根本没有什么想从事或者喜欢做的工作。有几个职业还有点兴趣，但那门槛高得让人望而却步。

　　有时我和他们三个在月岛街头骑车闲逛，一想到这些乱七八糟的问题，就感觉胸口像被堵住了似的，十分难受。我不想工作，公司肯定像监狱一样可怕。自由自在的学生时代结束后，就算不愿意也会被带走收监。而自己现在就像是亡命天涯的罪人一样胆战心惊。

　　心烦意乱时，我就会一个人来到隅田川的堤防上散步。眺望着落日余晖，心中的那些骚动也会随之平息几分。为此，我常常在河岸边伴随着夕阳坐上一个多小时。期间时不时有海鸥在高楼大厦间飞舞，有市内水上巴士溯流而上。岸边步道上有几个人正在遛狗。虽然离市中心很近，但月岛除了文字街以外，路上的行人屈指可数。

　　什么也不想，就这么望着渐黑的天空，心绪逐渐平复，静如止水。然后就当做什么也没发生过，拍拍屁股，走人，回家。现在高中生的日子也越来越不好过，时不时要自我调节一下，告诉自己就是个无忧无虑的十六岁学生，不然崩溃只是早晚的事。

　　我第一次和那个古怪的流浪汉搭上话，就是某个正在进行自我调节的傍晚。因为地点就在河边，所以谈话时的背景音乐依旧是那河水轻拍河岸的沙沙声。请各位在脑海中想象这个画面，听我讲如下的故事。

　　"喂，年轻人。"

突然听到有人大喊，吓了我一跳。此时我正站在铺满花砖的人行道上，目光透过护栏上的金属雕花，观赏着落日的美景。回头一看，发现身后的长椅上坐着一个老人。

我从未见过这张陌生的面孔。

"……"

见我不答话，老人皱起眉头说：

"唉，一般市民也好，还是公务员也好，都是些天性冷漠的家伙啊。"

那老人上身穿着大号的红黑花格运动外套，下身则是一条有很多口袋的棉质工作裤。他头上还戴着一顶绿色的鸭舌帽，看上去十分拉风。

"……真是世态炎凉呐。"

老人肤色黝黑，下巴上挂着像山羊似的白胡子，一说话时满脸都是皱纹。不过最让人在意的还是他那双眼睛。两颗眼珠就像黑色的围棋子，让人猜不透他的心思。用这样一双眼睛盯着别人的脸看，自己却能藏于幕后，让人无法看出他在想些什么。这双眼睛就像魔术道具似的不可思议。

长椅的中央安装着一块竖起的木板。老人敲打着木板说：

"这种鸟不拉屎的公园里都会装这种东西，为的就是让我们这些流浪汉没法躺在上面睡觉。唉，无所谓，反正沿河的公园景色也不错。长椅上有这种东西，像你这样的小伙子也没办法躺下休息。"

我看我还是快点回家比较好，自行车就停在堤防下面。大概是看出了我的去意，老人露出嘲讽的笑容说：

"我不会把你吃了，只不过想找个人聊聊天而已。"

我重新打量了老人一番。他身上的衣服洗得干干净净，看上去很整洁。

"您真是流浪汉吗？看着一点儿也不像。"

老人重重地点了下头说：

"那我就是潇洒的流浪汉，身上脏了就去洗澡，衣服脏了就去投币式洗衣店。不相信的话，你看。"

他挪了挪身子，让我看长椅的背后。在他背靠着的地方，有一辆很大的手拉式拖车。

"我就拖着这玩意儿游走四方。想在哪儿睡就在哪儿睡。"

我瞪大了眼睛瞅着老人。他的话听上去就像极富魅力的独立宣言。

"那你没有工作怎么办？没有工作就无法生存啊。"

这是我最关心的问题。成天听那些大人在我耳边唠唠叨叨，问我将来要干什么，要从事什么工作，我恨不得把耳朵堵上，当聋子算了。

"谁告诉你说，没工作就活不下去？"

老人在长椅上翘起了优雅的二郎腿，露出了他那双茶色的高帮皮鞋。

"不工作就没有钱，没有钱就买不到食物，也没有住的地方。所以就……"

在流浪汉面前提住所什么的或许不太合适。老人见我语塞，便带着嘲笑的口吻说：

"你这种想法早就OUT啦。"

我感到，自己就像个不善言谈的闷蛋在教室里任同学耍弄似的。

"我是老人家，没钱的话国家会给钱。你看我现在的打扮，难道不像个潇洒的养老金生活者吗？当初交纳的钱会以五倍返还，再加上我赌马赌车赢来的钱，养老金只是个零头。"

靠养老金度日的流浪汉。这样的人我还是第一次听说。

"养老金就是年轻的时候交纳的……大，大叔你也工作过？"

大概是看出我在为叫大叔还是老爷爷而感到犹豫，老人笑着说：

"你叫我德叔就行了，反正这也只是个外号，和原名没半点关系。"

"那德叔你年轻的时候是干什么的？"

既然有养老金，那年轻的时候应该工作了很多年。最近养老金问题[1]闹得沸沸扬扬，连我这个高中生对此也略知一二。"你是问我年轻时从事什么职业吧？你是不是觉得我是个流浪汉，所以

1　2007年中旬，日本媒体披露政府登记养老金记录不全。负责养老金管理的厚生劳动省社会保险厅遗漏了5095万份养老金保险记录，此外还有1430万份厚生年金记录没有录入电脑。——译注

随便问也无所谓？所以说你的这种想法早就OUT了。"

"我叫哲郎，请你称呼我的名字。"

见我有些生气，老人换了一副严肃的口吻说：

"啊，不好意思，年轻人。今年几岁了，在什么地方工作，年收入多少，住在哪里这些问题，大叔我都不太想回答。"

在秋日的空中，淡淡的云朵被夕阳的余晖染得透红。玫瑰色的天空前像是放着一块乳白色的透明滤镜，看上去就像电脑的液晶屏一样柔和。我一直就很喜欢被晚霞映红的天空。

想起德叔的话。如果他问我在哪里上学，住在哪里，一个月有多少零用钱，我会不会老老实实地告诉他呢？应该不会，我顶多告诉他一些内心的烦恼和不安，这些话的分量大概只有消费税[1]这么多。

"其实这也没什么可隐瞒的，告诉你也没关系。我在川崎的造船厂做过几年，后来又在芝浦的工厂做了一段日子，最后在大井町的町工厂工作。虽然焊接和车工的技术一流，但我还是不喜欢工作。不，应该说是讨厌工作。"

我还是第一次碰见直言不讳讨厌工作的人。他肯定发现我对此很吃惊吧。德叔把两只手搁在椅背后面，乐悠悠地说：

"很意外吧。以前大家都很喜欢工作，喜欢的同时自然也很尊敬工作。所以大家在工作时都抱着一种十分严肃的态度。但现

---

1 在日本，消费税占物品总价值的百分之五左右。——译注

在怎样你也看到了，要想勉强生活下去都很困难。所以真心喜欢工作的人也是越来越少了，大概只有这么一点儿吧。"

他伸出左手的小拇指对我比划道。小拇指上面的指甲看起来又厚又硬，像是一个经过长年劳动的人。我的指甲就很薄，下面的肉呈鲜亮的粉红色。

"那为什么大家都不喜欢工作，还要装出一副喜欢的样子呢？"

德叔装模作样地朝周围望了一圈，小声说：

"那当然是怕别人把你当成异类啦。在这个虚伪的社会里，如果就你一个人经常说不喜欢工作，麻烦死了，表现出一副无所谓的态度，那就肯定会被公司里的人当成大逆不道的叛徒，受到公司全员的排挤。他们的报复总有一天会落到你的头上，这就像颗定时炸弹一样危险。"

德叔说的或许没错。我在学校里不喜欢读书，认为考试什么的根本就是Shit，上课是在浪费时间。但我绝对没有勇气像德叔那样，把这种危险的真实怀揣在心中，然后正大光明地对别人说我讨厌学习讨厌上课，不然下场就会像德叔说的那样悲惨。

"但是。这个，嗯……对了，那你是在过一种没有家的生活吧？"

老人露出黄色的门牙，笑了。

"喂喂，流浪汉就流浪汉，说这么复杂干吗？我可不觉得这个词有什么不好的。英语字面不就是这么说的嘛。[1]"

我们聊的时间有些长了。秋天的时间就像是吊桶打水似的，刚才还是华美晚霞映衬的天空，一眨眼的工夫就变成了深蓝色的夜晚。

"呵呵，我不知道年轻人你是怎么想的，但我觉得这种生活还不错。像我这样的养老金生活者，在生活上只有一个烦恼。"

是什么？冬天太冷了？看不到电视？还是听不到喜欢的音乐？德叔见我一副若有所思的样子，便嘿嘿嘿地笑了起来，并从口袋里掏出一部手机。

"你看看这玩意儿，开通了单频段接受服务[2]，要看电视还是录像都没问题。没住的地方不算什么，吃得省一点也饿不死人，我身边总会带一点小钱以备不时之需。穿就更不用担心啦，能捡就捡，捡不到就去二手服装店买。托金融危机的福，现在那种低价洋装店到处都是。"

发觉被人牵着鼻子走，我不免有些懊恼。

"那还有什么烦恼？按你的说法，你不是一个过着幸福生活的潇洒流浪汉吗？"

这时，德叔露出了一脸寂寥的表情说：

"文娱方面已经十分满足。但我却找不到说话的人。有个能

---

1 原文中"流浪汉"一词是"ホームレス"，也就是英语"homeless"的音译。——译注
2 全称是面向移动电话和移动终端的单频段部分收信服务（One Segment）。开通这种业务的手机，可以随时随地接受低画质的流媒体。——译注

陪我聊聊天的人，比看电视吃饭更重要。比如今天天气不错，我就能对他说，天气不错啊。如果天冷了，我就让他添件衣服。可惜这样简单的交流却也无法进行。这个世界上有这么多人，但每个人都是孤独的。"

潮湿阴冷的晚风吹过隅田川的上空，朝我们所在的方向吹来。今天一整天我都没有和那三人聊天，没有听到阿大、阿润、直人无聊的玩笑。这样的感觉就像世界末日那么糟糕。

"年轻人，我会在河边生活一段时间，你能不能时常来看看我？不用经常来，只要有空露个脸，跟我说上几句话就行。我也没什么能教你的，但我会把自己的生平都告诉你。"

一只海鸥低飞而过，它的肚皮几乎擦着了水面。我在想我的老妈，如果她知道自己的儿子在跟一个流浪汉亲切地交谈，肯定会气得晕倒吧。哈哈，那肯定很好玩。于是我欣然答应了德叔的请求。

"没问题，我会时常来看你的。我还有三个要好的朋友，到时候能带他们一起来吗？"

"哦，当然可以。"

时间还早得很，我却对德叔说"晚安"，然后就离开了公园。不说"晚安"的话，我也不知道该说什么。毕竟和一个"刚认识"的人就说什么"沙扬娜拉"[1]似乎不太合适。反正就在这样

1　日语中"沙扬娜拉（さよなら）"一词，带有一种就此分别、难以相见的含义。——译注

一个秋日的傍晚，我和一个自称德叔的流浪汉成了朋友。

　　我第二次来河边找德叔是在两天后。这次我带着阿润和直人，阿大因为要上夜校，所以来不了。空着手去总觉得有些不好意思，我们就在便利店里买了些袋装薯片和瓶装水。今天的天气阴森森的，冷风从下游吹上岸边。

　　我把德叔所说的那些话稍加整理，说给他们两个听。性格率真的直人立马就把德叔当成了四处流浪的哲学家。而阿润这个机灵鬼自然抱着怀疑的态度，不怎么相信他说的那一套。但是，他也觉得德叔这人怪有趣的。

　　我们三人就在德叔坐着的长凳前，席地而坐。这场景看上去就像三个年轻的基督教信徒围坐着，面对导师聆听教诲。隅田川对岸那座玻璃墙面的圣路加双塔大厦，就像一座未来风格的大教堂般直指天际。

　　"我想问您几个简单的问题，可以吗？"

　　阿润老声老气地问道。

　　"请问您住在哪里？并不是问您具体的地点，是问您住在什么样的地方。"

　　流浪汉哲学家也不甘示弱地回答说：

　　"帐篷里。就是杂货店里都有卖的那种简易拆装帐篷。"

　　"哦，那种帐篷我们以前也用过的。"

　　说这话的是直人。初二结束时，我们曾在新宿的公园里夜宿过几天[1]。那时候就用的是这种简易拆装帐篷。所以听德叔提起，感觉分外亲切。

"我就带着帐篷四处走，看到中意的地方就住下。现在已经是秋天了，东京的气温还可以，等到天气再冷些，我就到九州的南方或者冲绳去，那里有我认识的人。这是一种为旅行而旅行的生活。"

直人眼中闪着光说：

"真好。那夏天就去北海道[2]，是吧？我的身体不好，所以家长不准我长途跋涉，在户外生活。真羡慕您啊。"

三个中只有直人一个人吃淡味薯片，过量的盐分和日晒都对早衰症有不良影响。而我和阿润吃的是激辣烧烤味的。

"呵呵，也没你说的那么好。我只是不喜欢老待在一个地方罢了。"

阿润扶了扶他那副银框眼镜，问道：

"那您有没有亲人呢？比如老婆孩子什么的。"

德叔勉强维持着笑容回答道：

"你爸爸的年收入是多少？我现在的生活应该和家庭没有关系吧。"

德叔拒绝得很干脆，但这反而给阿润留下了良好的印象。

"你不问最好了，说起家里的事儿就有种想哭的感觉，所以

---

1 有兴趣的读者可以去看本书的前传《十四岁》最后一章。——译注
2 北海道位于日本北部，地处北寒带，冬夏间气温相差较大。——译注

我就不太愿提。真想见见在老家的孙子啊。唉，不好意思，说这些让你们见笑了。"

刚才还在闹别扭的大叔突然变得如此直率。

"年轻人，你们都在为自己的将来担心发愁吧？"

这是我上次我和德叔在分别之际说起的事。直人和阿润显然和我有一样的担忧。我为什么如此肯定，是因为他们从来没和我谈过将来，也没说自己想从事什么样的工作。光是想想这些问题就会让人忧郁得无以复加，更不用说跟别人开口讨论了。河边公园的空气一下子变得紧张起来。

"你们根本就不需为此担心。我说的话你们可能不信，但这个世界上有多少人，就有多少属于他们的栖身之处，所以每个人都可以找到他们自己的归宿。喜欢和大家在一起的人，就可以在公司、企业这种组织中任职。也有不喜欢和别人待在一起的人，那也有适合一个人做的工作。现在不用见人就可以赚钱的工作多得是。你们的家长和老师也真够坏的，教导你们一定要走入社会、混入人群才可以在这世上立足。"

阿润喝了一口瓶装水说：

"但事实上，生活在日本这个国家，如果不从属一个组织就无法生存下去，不是吗？"

"你错了，能活下去的。只要和这个社会保持一定的距离，无论是谁都能好好地活下去。重要的是，这个距离要拿捏准确。不知道你们有没有见过那种带转刃的车床。在车床上，只要把加工材料推得太用力了，无论你加多少油冷却材料也没用，到最后肯定会过热报废。要想把对方'加工'得正合心意，那自己就不能太过用力。而用多少力、保持多少距离正好，这个'度'就要靠自己拿捏。拿捏准了，无论对方是家庭还是公司，都能够处理得很好。"

直人有些不解其意，便问道：

"但按照您所说的那样，做人会不会太累了呀？一般人都是为自己工作的公司鞠躬尽瘁，对家里的人全心全意。这样活着还比较有意思。"

谁知德叔听后，一脸不耐烦地说：

"年轻人你说得很对。但你说的那种人，他们的心都像钻石一样硬。听我说，无论是公司还是家庭，都是由数人组成的集体。而这个集体会向成员提出各种荒唐的要求。如果你把自己的一切都奉献给集体，一生都在为家庭而奔波。那换取平稳生活的代价就是被集体充分利用。能够忍受这一切的人，都是有毅力的强者。"

我想到了自己的父亲和母亲。这样看来，我的父母就是那种心硬得像钻石一样的人。

"那么这世界上大部分人都是有毅力的强者咯？"

流浪汉哲学家点头道：

"没错。或许他们的脸皮和心都像钻石那么硬了。所以他们才会在这张长椅的中间加一块木板，让流浪汉无法躺在上面休息。因为他们讨厌我们，讨厌我们没有像他们那样被集体充分利用。"

我眺望着对岸筑地、银座的景色。所有的高层建筑上都镶满了玻璃窗，一格一格就像蚂蚁的集一样，密集得让人觉得毛骨悚然。阿润这个聪明小子又说：

"但在集体里也有存在感十足的人呀。比如那些演技一流的人，或者天性无法被束缚的人。"

德叔笑了。或许他发觉和我们聊天是一件非常有趣的事。

"是啊，所以距离的拿捏就是非常重要的事。想要在这个国家生存下去，就要花一生的时间来考虑这个问题。环绕在台风一样的集体周围，究竟要保持多少距离好呢？是索性跃入台风的中心好呢？还是尽可能待在台风所触不到的外围比较好？总之要选择一个让自己觉得安心也十分舒适的距离。这就是为人处世的要诀。"

阿润和直人都被这番话打动了。我移开一直停留在德叔身上的视线，抬头去看那已被夜色浸染的天空。将来我会变成怎样的人跟这个充满未知的世界进行沟通相处呢？在那厚实的云彩下面，东京的楼群就像沙漠中的沙粒一样，无边无际地扩散开来。

"年轻人。"

德叔转过头对我说：

"其实自己想做什么并不重要，重要的是寻找一个让自己感觉不错的工作。和工资、前途相比，能让自己满意才是最关键的。"

可没那么简单。如果没能抓住大学刚毕

不好，恐怕一辈子都要当无业游民了。

么一次，考砸了就什么也没了。没有第

没用。你说的距离、满意或许没错。但

无法组成家庭，到最后只能怀揣着劣等

阝的那个K[1]一样。"

，我现在还是心有余悸。对于被害者我

怕的不是自己是否会像他们那样莫名其

是自己说不定哪天也会像那个杀人犯一

色望，继而伸出魔手去残害他人。

像很聪明呀。这些话你都是从哪里听来

首：

生的收入平均有两亿五千万日元，而一

作量就只有九千万日元。报纸上、电视

以算是日本的常识。"

不为所动，压低嗓门说道：

1　2008年6月8日11点35分左右，在东京千代田区外神田的JR秋叶原站电器街路口，一
　　名25岁的男子驾驶2吨卡车撞向行人，下车后手持小刀刺杀路人，造成6人死亡、12
　　人受伤。男子名叫加藤智大（Kato Tomohiro），姓氏的头文字为K。——译注

"那年轻人你是非大企业不入喽？"

阿润一时语塞，过了一会儿才支支吾吾地说：

"至少我的父母是有这个打算。我家是普通的工薪阶级，只有通过自己的努力才能上进。读书读到现在，我也只有这一条路可走。"

有了这种想法，阿润才能考进每年都有超过一百五十多人进入东大的重点高中。不过他本来就很聪明，有这样的成绩是对父母期待的回报。

"但是，年轻人。你根本就不相信这套读名校、当白领的生活方式，是吧？"

阿润有些腻腻地说：

"读一流大学，进一流公司。之后辛勤工作，力争上游。高人一等，头抬三分，拿的工资也只不过比别人多几块钱而已。然后就完了？工作这么多年，自己究竟在为谁而活？一直那么忍啊忍，忍啊忍，忍到最后两腿一伸，眼睛一闭就死了。这样的一生算是真正活过吗？"

直人和我都默不作声，阿润的那平静的说话声中透着一股绝望。

"你知道吗？父母的爱也是束缚孩子的绳索。说要守护公司，等于献出了生命。真正的成年人会把爱情啦、安全啦，以及常识什么的完全抛置于脑后，与真正的自己拉开一段超长的距离。"

直人突然带着哭腔说道：

"等一下，你听我说。这世上也有人会无私地爱着自己的孩子，为了孩子她可以奉献出一切。难道这样的人也是脱离了自己的本性的吗？"

我很清楚直人所说的这个人是谁。直人的妈妈自从直人出生后，就为了独生子不停地与病魔战斗。她认真的精神完全不输于职业的全天候护士。阿润也听懂了他话里的意思，朝我看了一眼。

德叔坐在长椅上，上半身开始前后摇晃。或许他也有痛苦的经历。

"或许你无法偿还这份伟大的感情，所以借机在这里表达了自己忱挚的谢意。年轻人，总有一天你也要独立生活的吧。那时候你就要离开你说的那个人。"

直人点了点头，然后郁闷地低下了脑袋。德叔一扭身，从长椅上站了起来，往灌木丛中走去。

"我去上个小号。"

杜鹃丛里响起了水流浇地的声音。德叔的说话声撞在水泥堤防上，反弹到我们的耳边。音量出奇地大。

"不好意思，年纪大了就容易漏。接下来要不要去吃个文字烧？我看今晚你们也没有要回家的意思。"

我们三个面面相觑。在这种气氛的包裹下，的确很难再回家和父母吃晚饭。于是阿润提议说：

"那么就按照老一套方案执行吧！"

所谓老一套方案，就是到直人位于"Skylight Tower"的家里做功课，之后享受美味的晚餐。这样的话，无论是阿润家还是我家的父母都不会有怨言。

"那，阿润你能帮我看看数学作业怎么做吗？"

"当然可以。"

于是我们三个就分别往自己家打电话，向父母通报自己的去向，然后带着德叔穿过大街小巷，来到了那家老店"向阳花"。在餐桌上，我们举着汽水，跟拿着啤酒的德叔干杯畅饮。

我们一直吃吃喝喝，磨蹭到了关门的时间。这期间我发现了一件很有意思的事。无论我们这几个十六岁的孩子说出来的话有多么荒唐可笑，德叔这个长辈也绝不轻易否定我们的看法。他会和我们一起思考，实在难能可贵。究竟要怎么做才能像他一样，活到这么一大把年纪还能保有一颗年轻又宽厚的心呢？

这个问题一直盘绕在我心中，成为当夜的一个不解之谜。

从这之后，我们就常来找德叔聊天，看上去就好像四人组又增加了一个新成员。一个老人加上四个高中生，真是一出奇妙的五重唱。我们去银座看电影，去"东京Ace Lane"打保龄，在月岛图书馆翻书躲雨。就算碰到下雨天也没关系，德叔把帐篷支在佃大桥的陆桥下面，就可以抵挡风雨，而那些湿掉的衣服则直接扔进投币式烘干机里烘干。

某天，我们照常在河边聊天时，一个警官骑着自行车经过我们身旁。德叔是第一个发现警官的，忙出声打招呼道：

"巡警先生，您辛苦了！"

年轻的警官被吓了一跳，停下车说：

"你就是最近在河边支帐篷的那个人？你们是他的朋友？"

我认识这个巡警。他在美食城旁一个船舶驾驶室大小的派出所里执勤，年纪大概二十五岁左右。我们没有回答，不管我们说是朋友还是熟人，都感觉挺奇怪的。

"唉，算了。你把身份证拿给我看看。"

德叔马上说。

"好的，小的明白了，请您稍等片刻。"

德叔行了个军礼，然后从外套的内袋里掏出钱包和一本五彩斑斓的笔记本。

"这是我的许可证和养老金簿。那个……小的是一个周游全国的流浪汉。最近想在贵宝地打扰一段时间，不知巡警先生可否行个方便？"

我瞪大了眼睛，盯着性格一百八十度大转弯的德叔。阿润用眼神示意我别笑。德叔说话的口吻极其卑微，连动作带表情都像个脑袋有问题的人。警官在自己的笔记本上写了几笔，然后就把证件还给了德叔。

"拜托你不要乱扔垃圾，不要给附近的居民带来麻烦。听懂了吗？"

"听懂了！"

德叔面朝隔田川河面大声回答，挺直了身子又行了一个军礼。

平稳的秋季已经过去了两周。这期间发生了一件事。

那时候我们已经养成了这样的习惯，就是隔一天去找一次德叔。阿大有课不能来，依旧是我们三个来河边跟德叔聊天。我记得那天天色尚早，秋日爽朗的天空还未染上落日的余晖。

还未走到岸边，直人便在台阶上大喊：

"德叔，我带了妈妈做的戚风蛋糕。"

灌木丛内无人应答。我们站在人行道上往里面瞧，发现枝叶间系着一根黄色的飘带，正在轻轻摇晃。我突然有种不好的预感。

"那是什么？你看那儿。"

直人傻乎乎地问道。接着，直人却惊呼起来：

"是警用隔离带！"

我们走近，才看到黄色的飘带上刷着"POLICE"这几个字母。

"德叔怎么了？"

我下意识地大声喊了起来，慌忙绕到了杜鹃丛的里侧，却发现像海螺一样的三角锥形帐篷已经被踩得不成样子。

"发生什么事啦？"

直人怀抱着装蛋糕的纸袋，蹲坐在地上。我左顾右盼，发现四周一片狼藉。草丛上散落着撕破的衣服、坏掉的收音机，还有装点心的袋子。一个人曾经存在过的痕迹就这样粗暴地残留在现场。我在心中一直呼喊着德叔的名字，但找来找去也没有发现他的影子。阿润说：

"德叔肯定出事了。我们快去看看。"

说完，他就跑出了灌木丛。我追着他问道：

"你要去哪儿？"

阿润没有回头，直接跑上了堤防的台阶。

"去派出所！在月岛出了什么事，他们肯定会知道的。"

不愧是月岛中学的秀才，脑筋转得很快。我们跳上山地车，沿着隅田川全速前进。

古色古香的白色派出所里，有一个年轻的警官。我们三个人一齐走进派出所，就把不大的房间挤得满满当当的。阿润最先开口道：

"河边出事了吗？我们的朋友不见了。我看见灌木丛里挂着隔离带。"

坐在桌前的警官慢条斯理地站起来，看看我们问：

"啊，是你们啊。有什么事吗？"

我对警官这副气定神闲的态度感到很恼火。

"我们看到帐篷了！德叔他到底发生什么事啦？"

年轻的警官一脸困惑。他摘下帽子，挠挠头说：

"他被人打了，我一开始还以为是你们干的呢。因为老是看见你们和他在一起。"

"不会吧！"

第一个叫起来的是直人。

"我们怎么会打德叔？！我今天还带蛋糕来，想和他一起吃呢。"

我问道：

"德叔他没事吧？"

"啊，他已经被送进了圣路加国际医院。明天的报纸就会刊登消息，所以告诉你们也没关系。袭击他的是月岛初中的学生，好像是为了游资才出手的。他们看到那男人在便利店里拿出不少现金，于是就起了歹念。我之所以会怀疑是你们，也不是没有理由的。"

为什么我的脑海中突然浮现出德叔被打时茫然无助又极其困惑的表情？他明明向警官敬礼来着，可是不但没有受到任何保护，反而被我们的后辈也就是几个月岛初中的学生给打了。无论是从肉体还是心灵来讲，他肯定受到了不少打击吧。一旁的直人已经伤心得快要哭了。

"我们走。"

阿润打破了沉默，这次我没有问他要去哪里。我和直人都知道德叔现在在哪儿了。

"哟，年轻人。"

在医院的单人病房里，德叔向我们挥手致意。他的右眼眶上有一圈近乎黄色的淤痕，头上缠着白色的纱布，但看起来气色还好。很奇怪的是，德叔的脖子上挂着一条从未见过的金项链，看上去又粗又沉。

不过幸运的是，他那魔术师一样的目光就像以前一样，完全没有变化。我担心得双腿一直在发抖，好在病房里应该没有人发觉到这一点。

"德叔，你没事吧？这是我妈妈做的蛋糕。"

"呀，真不好意思。你们还带东西来了。"

阿润冷静地问道：

"到底发生了什么事？"

"从便利店回来，想要接着睡，结果就被他们打了。正睡得迷迷糊糊的时候，他们往我的帐篷里扔了一块转头。我被吓得还没搞清楚怎么回事呢，一群像我孙子这么大的小鬼就冲进来揍我。唉，年岁不饶人哦。"

直人坐在床边一张小沙发上，说：

"幸好您没什么大碍。"

德叔指着自己的脑袋说。

"唉，头皮破了，但还好没伤到骨头。看来我要在这家医院里住一段时间了。无所谓啊，天涯无处不是家。"

被打成这样了还嘴硬，我们亲眼看到过隔离带后满是污泥的帐篷，当时有多危险可想而知。德叔的乐观真让我们感到汗颜。

"另外，那个距离的话题，我算是想通了，其实人根本就不是讲的那样。比如这次那几个小鬼，就突然拉短了我和他们之间的距离。所以说这世上，人和人之间的交流是最困难的事情。或许根本就没有什么绝对安全的生活方式，无论你怎样逃避，总会有人会出手伤害你。"

我开始沉思。跟德叔相比我还差得远呢，所以根本没有资格摆出听过算过的态度，无视父母与社会的那套说教。我一直站在一根架构在自己与这个世界之间的绳索上，摇摇晃晃地走着钢丝，反反复复探索究竟要与世界保持多少距离才合适。德叔仿佛自言自语地说：

"或许是打了一个平手。"

阿润诧异地问道：

"这话是什么意思？"

德叔穿着像浴衣一样的睡袍，抱着胳膊说：

"有失也有得嘛，虽然被那些小鬼揍了一顿，但在月岛……"

说到这里，德叔大笑着转过头对我们说：

"我也遇到了你们啊。就像在旅途中结识了新的伙伴。"

我们现在才发现，这个六十过半的老人原来如此腼腆。他对我们来说，既不像朋友，也不像死党，而是一个特殊的存在。于是我们三个就和流浪哲学家在圣路加国际医院那豪华的单人病房里欢声大笑。笑累了，直人不无担心地问：

"您还有没有什么需要的？"

德叔坐在医院的病床上，就像坐在河边的长椅上一样悠然自得。

"我有医疗保险，好像没什么需要的。不过我，我有一个请求……"

我不想让德叔说出他的请求，连忙抢过他的话头。因为我知道他要说什么，在初次遇见他时，他已经说过那句让我难忘的台词了。

"知道了，我们会来陪你说话。我们每天都会来，你就放心吧。"

这一次，德叔露出了害羞的表情。大家不由自主地指着对方开怀大笑，到最后我们都在取笑直人，因为他笑着笑着居然流下了泪水。三十分钟后，我们踏上了归途。我骑着车，跟在直人和阿润身后飞驰。超高层大楼像一块块水晶似的，倒映在已被晚霞染红的隅田川河面上。

把"今天天气真好啊"、"天冷了，多加件衣服"这种再普通不过的问候当成世界上最奢侈的语言，或许并不是一件坏事。相对来说，总是拘泥于什么小康生活、终身投资、经济增长率这些东西，才是毫无意义。在我的生活中，既有阿润、直人以及这一章没有出场的阿大那样的友人，也有像德叔那样睿智的大人。

如果能一边慎重、适度地调整和社会的距离，一边和这样的人交往着慢慢变老，人生应该不至于让我感到绝望。我骑着自行车在风中飞驰，并且在心中得出了结论。

以后可要跟自己喜欢的人好好地聊一聊有关天气的话题。

黑发魔女

女生是一个永恒的谜。

尤其是那个长发飘逸、柔声细语的和风少女，绝对是一个难解之谜。在如今这个浮躁的年代，她还保有着大和抚子的气质，并且要比我们年长（只大了一岁）。今年的秋季到冬季，我们四个被这个女孩耍得团团转。回想起当时的情景，我们几个就像是旋涡中的浮叶，被扯得七零八落，不知不觉中就被拖进了水底。

友情和爱情让人难以抉择。

总之这个魔女让我们吃尽了苦头，但如果让我们再碰上一个，我们仍旧没有自信可以应付得来。不过话说回来，无论是恋爱还是普通男女交际，都不是那么容易学乖的。就好像流行性感冒，只要抗原不搭配，碰上几次感染几次，逃也逃不掉。或许人类的历史也是一样，不断地重蹈覆辙，犯低级错误，到最后自己都觉得有些腻歪了。

男生还真够笨的，人家说吃一堑长一智，但他们从来就不明白这个道理。

"直人，你和结香同学后来怎么样了？"阿润问道。

结香大致上已经成了直人的正牌女友。月岛站前那家名叫"Macdonald"的咖啡屋二楼是我们四个专用会议室。在这里点一杯冻咖啡可以喝到关门，不过换成阿大，肯定会点大号的炸薯条。

"你问我……"

直人欲言又止。他露出为难的表情，眼角和脸上堆起了皱纹，看上去像个为即将退休而发愁的管理中层。早衰症蹂躏着他的肉体，让他的青春要比常人快好几倍。阿大有些不满，用他那油腻腻的肥香肠似的手指把直人斑白的头发揉得乱七八糟。直人连声求饶。

"你什么意思呀？我们为了你，可是赴汤蹈火啊！你看，就连电邮什么的都帮你搞到手了，所以你有义务向我们报告后续情况。"

这理由听上去似乎有些无理取闹。直人和结香的确是在我们的撮合下才在一起的。我们三个想要送给直人一个特殊的生日礼物，才厚着脸皮去向结香搭讪，问他可不可以和直人交往。但后续怎么样则是他们自己的事，跟我们几个没有关系。于是我便替直人解围道：

"算了，我们也别多问了。现在可是他们的敏感期。"

但没想到直人却像掉进米桶的老鼠似的，半欢喜半忧愁地说道：

"没关系，其实今天这么急让大家来，是因为我有事想拜托你们。我想听听你们的意见。"

阿大嘴里塞满了薯条，说：

"你放心吧！有什么问题大叔帮你解决。要套套的话尽管开口，要多少有多少。"

直人连忙看了看四周，脸红得就像个苹果。不远处，几个围坐成一圈的主妇正盯着我们看。直人低下头，小声说：

"哎呀，我不是那个意思。其实是我要和结香同学约会……"

阿大连忙鼓掌，阿润吹了声口哨。

"这不是好事吗？"阿润说。

"你小子总算是有出息了。"阿大附和道。

只有我十分冷静地问道：

"原来是第一次约会。那你有什么事要帮忙的？"

直人的脸更红了。

"约会的时间是这周日，地点在银座。结香同学说，第一次约会就两个人的话，会很紧张，所以拜托我能不能带朋友一起来。这几天我们来回发了不少短信，话题的中心就是这件事……"

阿润又吹了一声口哨说：

"第一次约会就要我们三个当电灯泡啊？"

阿大拍拍胸口，T恤下厚厚的脂肪泛起一圈油波。

"呆子！我们三个去正好可以给直人捧场。要好好地替他造造势。要赞他把妹功夫卓尔不群，家中钱财用之不尽。"

直人囧得都快要哭了。

"拜托！这种夸奖我可受不起。平时大家怎么样，那天就怎么样好了。你说是不是，哲郎？"

他好像抓救命稻草似的望向我。如果任由这两个家伙乱来，直人的初次约会搞不好会变成最后一次约会。

"好吧，这两个家伙交给我来看管。直人你只要把心思放在结香身上就行了。"

直人猛地抓住我的双手说：

"在这种时候，还是你最可靠。色迷迷的死胖子和毒舌眼镜仔就让他们闪一边去吧！谢谢你！哲郎君！"

聚会结束后，我们在铁桥下的十字路口跟直人道别。直人家所在的那栋超高层大楼就建在十字路口对面的佃岛上。在如此窄小的填海地内，富人和非富人也分得一清二楚。像我和阿润这种中产阶级家庭就住在普通的公寓楼里，而家境再差一点的阿大所住的房子屋龄已经超过三十年，并且连电梯都没有。这就是月岛，一个充满庶民风情的小镇。阿润跨上他那辆红色的山地车，说：

"哲郎你也太无情了。直人第一次约会就这么平淡，多可惜啊。"

一旁的阿大骑在他父亲送给他的自行车上，附和道：

"是啊。不如大家先一起闹，等把气氛搞活了再说……"

阿大看看，询问我的看法。我说：

"对我们这些当后援的来说，还是让他们两个独处比较好。"

阿润在西仲通的拐角处挥挥手说：

"那就这样，到时候再说吧。"

说罢，他的身子紧贴自行车，漂亮地一斜身，消失在马路的转角处。

"唔，我也上学去了。星期天见！"

阿大把车头转向佃大桥的方向，踩上踏板向我告别。尽管身形肥大，但他很有力气，猛踩了几下自行车就飞驰了起来。阿大的自行车是他父亲死前为他订购的捷安特比赛用车，换挡的旋钮都安装在手把上。

"唉，这该怎么办才好哦。"

我目送两人远去，然后骑车回到自家位于隅田川沿岸的公寓。还不到吃晚饭的时间，但又无事可干，我只能到You Tube上去找些小时候爱看的搞笑节目打发时间。

东京的秋季真是太棒了——虽然这只是我的个人想法。

清晨，我刚睁开眼睛，就看见几欲压城的积雨云正在往东京湾上空飘去。干燥的秋风就像混入了冰霜粒子，拂过肌肤，感觉到清冷透骨。虽然枝干已被尾气熏黑，但树叶却已染上了红黄二色。我总觉得，秋天来了就会有好事发生。与夏季开始的恋情相比，秋季的恋情绝对要来得持久。

星期日下午一点，我们四个在地铁银座一丁目站集合。检票口离"银座春天"（PRINTEMPS GINZA）很近，四周的光线看上去有些暗淡。这天直人换了一身十分新潮的衣裤，镶银纽扣的深蓝色西装夹克，配上橄榄色的棉质西裤。我们从来没见他这样穿过，看来是为了约会而新买的。

阿大仍旧穿着他那件XL码的麻袋T恤前来赴约。看到直人从头到脚焕然一新的样子，忍不住取笑他说：

"少爷，您打扮得真漂亮。这都什么牌子的啊？"

直人居然一本正经地从内袋里拿出收据说：

"嗯，上面写的是意大利语，不知道该怎么念。我是在前面那家服装卖场里挑的。"

那肯定是ARROWS或者SHIPS。无论直人想要什么，他的父母肯定不会拒绝，因为他们就这么一个宝贝儿子。但奇怪的是，直人和我们不一样，尽管想要的东西都能如愿以偿，但却很少见他喜新厌旧。

"哎？那不是结香同学吗？"阿润喊道。

在我们四个人中，最先发觉目标的通常都是阿润。这小子不光读书厉害，感觉也十分敏锐。我们看到，在自动扶梯的人潮中，结香那美丽的黑发就像上过油一样熠熠生辉。我想起了古人曾说过一句名言，头发是女人的生命。

"喂，这里，这里。"

阿大挥动着肥硕的胳膊。今天约会的主角直人也跟着慌了起来，他的脸已经变得通红了。

"大家久等了吗？"

穿过检票口，黑发天使嫣然一笑。白色的短身连衣裙下穿着一条黑色的塑身裤，小腿纤细，曲线毕露。结香同学在御茶水一座名叫清水女子学院的学校里就读高中二年级。"清女"和阿润就读的开城学院一样，同属重点高中，每年会往东大输送四十个学生，跟我就读的都立高中可谓天差地别。但我对这种差异并不是很在意，所以大家相处得也十分和洽。

阿大推了一下直人的后背，这个白发的十六岁少年向前挺了一步，说：

"没有没有！接下来要去哪里啊？"

直人实在是太紧张了，所以把话语的主动权交给了对方。结香同学十指交叉放在腹前说：

"现在离电影开场还早呢。天气这么好，大家在步行街上散会儿步吧。"

"唔，好的。"

直人的回答听上去就像是在接受面试。阿大忍不住拍了拍他的后背说：

"又不是在逼你招供，你那么紧张干吗？拿出点精神来！就像平常那样，做出点男人样儿来给结香看看！"

直人一脸尴尬，朝结香笑笑。

"没有啊。我根本没你说的那么紧张。"

谁信啊？我们三个漠视着装傻的直人。结香突然拉起直人的手，朝通往地面的台阶上跑去。

"没关系，直人在我眼里已经很男人了。"

阿润吹了声口哨。阿大振臂做了个胜利的手势，紧跟在他们后面。他们四人爬上狭窄的楼梯，迎接他们的是秋日爽朗的天空。我出神地注视着他们跑远了。大一岁果然就不一样，第一次约会就敢在大家面前主动牵手，这样的勇气实在可嘉。

"喂，哲郎，快跟上来！"

阿润在逆光处朝我大喊。我也一个箭步往楼梯上冲去。

我们这一帮人就在银座中央大道上逛街。

对我们来说，银座这座外人眼中的"繁华街"确实是再也平常不过的地方了。坐地铁要四分钟，骑车只要十分钟，是我们从小玩到大的离住所最近的游乐场。书店、玩具店、商场、展览馆……在哪里不花一分钱就能待一天，我们都知道得清清楚楚。生在月岛就有这点好处，毕竟填埋地也算是商业区。

我们在沿途摆放着遮阳伞和凉椅的步行街上散步。虽然他俩的手已经分开了，但直人还是把刚刚被结香握过的那只右手小心翼翼地放在外套的口袋里。结香回过头对我们说：

"阿润，你在开城读书，那暑假作业一定有很多吧？"

她说话时，两只眼睛就像湿润的玻璃球一样熠熠生辉。阿润被她看得有些不好意思了，扭过头说：

"我们学校提倡自主学习，所以根本没有暑假作业。"

"是这样呀。听说阿大君有一个叫大雅的孩子。抱着小婴儿是什么样的感觉啊？"

她那火辣辣的眼神，竟然让皮糙肉厚的阿大也有些害羞了。

"哎，这怎么说呢？就好像是抱着灌了水的气球，生怕会从胳膊里掉下来，摔碎了就太可怕了。"

"真好玩。哲郎君好像总是在帮大家解决问题呢。你们怎么会变得这么要好的呀？"

她的眼神仿佛要看透我的内心，她那一刀切的刘海下，又大又黑的美目正在我的视野中闪光。我感觉自己就要被吸进去似的。

"唔……大家的性格差别很大，这不是挺好吗？虽然现在大家都不在一个地方上学……"

说着说着，我的话头就没了方向。就在我东拉西扯的这段时间里，结香一直展露出美丽的笑容，注视着我的眼睛。这让感觉到很有压力。

我们在伊东屋里挑选彩色铅笔和笔记本，可是却是只看不买。然后又到教文馆去看杂志和口袋本的小说。走累了，我们每人买了一支雪糕，坐在大厦间隙中的凉椅上一边舐着一边眺望着秋日的云彩。不知道结香是不是故意的，在这段时间里她和每个人都聊了几句，并且用直勾勾的眼神盯着我们看。那感觉就像是《白雪公主和七个小矮人》里的场景，我们四个都围绕着结香转。

大概在银座逛了一个半小时，我们走进小巷里的一家迷你影院。结香好像要看一部什么德国电影，我对那种欧洲文艺片没什么兴趣。

直人和结香要去买票，这时一旁的阿润向我使了个眼色，于是我忙说：

"那我们就先回去了。"

一听到这话，直人的脸色阴暗了下来。结香也说：

"哎？要走了吗？真可惜。我还想和大家一起看电影来着。"

阿大挠挠头说：

"我看见字幕就想睡觉。电影还是算了吧。"

我最后一个说：

"今天玩得很开心，下次见。"

于是我们决定到阿润家打游戏，三个人回身往银座一丁目车站走去。这时天色尚早，秋日的天空还是明晃晃的，镶满玻璃的大厦、铺着柏油的马路以及淡蓝色的天空与天空中漂浮的薄云看上去都是干巴巴的，像是被吸干了水分。阿润有些奇怪地说：

"结香同学真有意思。她那么死死地盯着人看，我还以为她喜欢我呢。"

阿大挠挠胸脯说：

"是啊，如果我没有夕菜的话，说不定也沦陷了。"

我和他们一样，感觉结香是个很有心机的女孩。她会在不知不觉中用眼神和语言挑逗你，把你招为自己的俘虏。于是我有些担忧地说：

"那直人可就有苦吃喽。"

我们一边走，一边三言两语地讨论起这个情况，最后走下了通往地铁站的阶梯。

好戏还在后头呢。当天晚上，大概九点刚过，我突然收到一条发信人不明的短信。当时我刚洗完澡，发现放在桌子上的手机一闪一闪的。我还以为又是什么垃圾短信，打算立刻删掉，谁知道打开一看，却是：

> 今天真开心♥

> 感谢你们能来。

> 我从直人君那里要来了你的电邮。

> 下次再来玩吧♥

> 　　　♥结香♥

我盯着显示屏，吓了一跳。结香发这条短信应该没什么别的意思，但收到女孩带"❤"的短信，还是让我觉得怪怪的。她从直人要来的电邮恐怕不止我一个吧，估计我只是"骚扰短信"的受害者之一。

我先回了一封短信给结香，不加表情，内容也十分简短郑重，然后拨通了直人的号码。

"喂喂，直人，是我啊。"

"哦，这次是哲郎呀。"

"这次？什么意思？"

"哲郎你也收到结香发的短信了吧。"

直人竟然知道？我无语，只听见他懒懒地说：

"阿润和阿大也收到了。结香同学只是想对今天的约会表达谢意而已，所以才问我要了大家的电邮。你们也用不着那么大惊小怪吧。"

直人说得没错，或许真是我们想得太多了。毕竟人家是名门闺秀，这么做只是出于礼节。

"其实，我的那封短信上有四颗心，我想他们两个大概也对此也感到很奇怪吧。"

"哦，你说这个啊。在短信里加心只是女孩子习惯，不是吗？哲郎你有四颗，比阿大多，但我和阿润比你多。哈哈，我们有六颗呢。"

　　唉，这也没什么可奇怪的。本来我就不是那种能让女孩子一见钟情的类型。

　　"好，我知道了。既然你这么说，我就安心了。"

　　"唔，还有件事我要向哲郎报告。"

　　他的声音听上去很有底气，这对平时做事总是瞻前顾后的直人来说，的确很少见。

　　"今天约会我们不是牵手了吗？后来我还握住了她的手腕。你知道吗？女孩子的手指，骨头好细好软。"

　　"嗯，嗯……"

　　我敷衍着挂掉了电话。如果能在那时发觉就好了，结香同学不是什么天使，而是魔女。

　　之后的三周里，直人又约会了两次。

　　我也搞不懂直人为什么会找我倾诉。反正不管我爱不爱听，他都把约会的细节巨细无遗地告诉我。在第三次约会的时候，直人和结香完成了他们的KISS仪式。直人这小子在这个秋天走大运了。每次见到他都笑呵呵的，充满活力，人也变帅了，真怀疑他的早衰症是否会就此痊愈。

　　与此相反，阿润的精神反而越变越差，只是我们不知道原因，但他在学校里的成绩仍旧坚挺。阿润和我们几个不一样，他碰到问题喜欢自己解决。唉，随他去吧，对此我也没多想什么。直到那一天……

那天，我很难得地在神保町的书店街附近散步。街道两旁的新旧书店鳞次栉比。如果说月岛的特色是文字烧，那神保町的特色就是书店。东京每片地域都有自己的专营项目，真的是很有意思。

我来这里的目的是想找一本英语参考书，但更多的时间都花在了看闲书和杂志上。我从一家书店逛到另一家书店，很喜欢这种在书堆里闲晃的感觉。虽然我不是正宗的读书人，但在书本特有气味的熏陶下，我发觉"文化"的确是能让人沉醉的好东西。

推开玻璃移门，走出一家贩卖音乐书籍的旧书店，我看见行道树下一对年轻的情侣正在朝这里走来。男生要比女生矮半寸，戴着一副眼镜，身穿早已见惯的开城制服。牵着女生在书店街上散步的不是别人，正是最近比较烦的阿润。

但这还不是最令人吃惊的，跟阿润走在一起的女生竟然是结香。他们离我只有数步之遥。我慌慌张张拉开店门，想要躲进店内。但可惜阿润那小子有一双霹雳眼，想要躲已经来不及了。

阿润的表情发生了变化，难道这小子看见我了？我急忙从书架上抽了一本大小合适的书，挡住了脸。那本书好像是什么奥地利教会音乐的专著，讲了一大堆有关早期巴洛克风琴足键盘进化史之类的东西。管他足键盘还是手键盘啦，只要他们别发现我就行了。我拼命装出死读书的样子，等待阿润和结香手牵手从玻璃移门前走过。谁知阿润走到半途，就朝店里抛了一个眼神，那眼神砸在我手里的书上，好像发出啪的一声响。

（看来他知道我看见了。）

我感到背心一凉。这天本来不冷，何况我还穿着件长袖衬衫，但刚才阿润那一瞥却让我起了鸡皮疙瘩。我下意识地替处于幸福状态中的直人担心起来。等阿润走远了，我把音乐书放回书架，然后直奔英语教参而去，买完就坐地铁回了家。

在地铁站里，我开始自责。

明明是阿润不对，但我为什么要躲呢？应该躲的是他们而不是我吧。阿润这小子也太过分了，居然去抢好朋友的女朋友。到后来我越想越气，在床上辗转反侧。这时，手机响了。

阿润用极其深沉的嗓音对我说：

"我有话想对你说，能出来一下吗？"

这时六点不到，离吃饭还有段时间。

"你是要说白天那事？"

"是的，我在你家楼下的河边等你。"

"明白了。"

我向厨房里打了声招呼，说是出去一下马上回来，说完就出了门。从公寓后门的停车场到河边的步行道只有十来米。走上通往堤防的楼梯，我眺望着隅田川对岸的各色建筑。阿润背对我靠在河岸的护栏上，弓着背，身形看上去是如此瘦小。

我径直朝他走去。透过圣路加双塔大厦的中缝，可以看见西下的落日就像个从空中坠落的蛋黄。我走到阿润的身旁，在此之前他一直没有回头。

"你看见我和她在一起了？"

"是啊。"

"好巧不巧，没想到哲郎你今天会去神保町，我们俩的运气真是太背了。"

脚下的隅田川那微温的河水轻拍着河岸。我被他这句话给激怒了：

"难道没被我发现就是运气好吗？你为什么跟结香在一起？有这么多女孩可选，你为什么偏要找她？"

东京有成千上万个女高中生，为什么偏偏要跟直人的女朋友交往？

"其实我也是这么想的。这样做太对不起直人了，但男女交往这种事，一旦开始了就无法停下来。"

一群孩子在河岸的人行道上奔跑，他们肯定是赶着去糖果店买零食。看着那些孩子，我不由得想起了数年前的我们。短短几年的时间，我们追求的不再是便宜的零食，而是一个女孩子的"心"，现在的情况就如同夏目漱石那篇名作一样。长大后的变化，还真是不可思议啊。

"你们是怎么开始的？"

阿润很不耐烦地看着我说：

"现在告诉你也无妨，最初是从那条短信开始的。"

他说的是那条附带心形标记的短信。

"那条短信我也收到了，如果你不往歪处想，根本不会变成现在这个局面的。"

"唉，你说得或许没错。但后来我们又通了好几次短信，两人聊得很投机。结香说，不如单独见个面吧。"

真让人难以置信。

"这是什么时候的事？"

"大约两周前。"

太不可思议了。那不是结香和直人接吻的那段时间吗？

"那后来呢？她怎么说？最主要的是她在直人和你之间，选了哪一个？"

阿润无趣地答道：

"好像是我，其实今天我们出来，就是讨论要怎么向直人道歉的。"

直人真可怜，紧接着阿润又说了件让我感到意外的事。

"我们决定下周六向他坦白，希望到时哲郎你也能在场。"

"哎？我不要，这种事我不参加。"

"你想想看，如果只有我和结香、直人三个人在场。话说完后，我和结香一起离开，把直人一个留在那里，你放心吗？"

麻烦事的始作俑者居然教训起我来了，真让人火大。但阿润说的没错，当然不能让直人孤零零地留在那里。看来为了直人考虑，我不得不出面了。

"好吧，我去。"

"麻烦你了。"

我别过脸，这才发现夕阳已经沉入地平线，散发着红黑色的浊光。真希望这倒霉的一天赶快结束。这时，我问了一个平日里难以启齿的问题：

"阿润，你已经和结香KISS过了吧。"

戴眼镜的老友沉默着点点头。我在那时做出了一个决定，以后死也不会和拥有一头美丽黑发的和风美女交往。

周六下午一点，我来到了佃公园。秋日晴朗的天空是如此清寂，开始落叶的染井吉野樱[1]就像片片薄云，覆盖在寂静的堤防上。坐在长椅上的直人并不知道即将会发生的事。他天真地问我：

"结香她突然有话要说，你说会是什么事呢？"

在外人看来，现在的状况就像部即将进入高潮的喜剧，但和当事人如此接近的我却怎么也笑不出来。那两人从佃大桥的方向走来。他们没有牵手。直人有些疑惑地问道：

"哎？结香怎么和阿润一起来了？"

快醒醒吧！我在心中呐喊。虽然这个结局残酷无比，但我还是希望直人能尽早意识到这一点。快醒醒吧！你生气，发火，也

---

1 一种樱花的园艺品种，树干高度约为5至12米，花朵为五瓣，绽放时呈淡红色，在完全绽放后会逐渐变白。——译注

没有人会怪你的。但想不到直人居然傻乎乎地说：

"哦，他们大概是在地铁出口碰到的吧。结香！阿润！我们在这里！"

这实在太悲惨了，我不敢正视直人了。这时隅田川上有驳船驶过，船上满载着灰色的淤泥。阿润和结香站在我和直人坐着的长椅前方，他们彼此对视了一眼，于是阿润先开口道：

"直人，突然把你叫出来，对不起。"

直人似乎还没搞明白这是怎么回事。一不做二不休，这两人索性在直人面前紧紧地握住双手。

"对不起直人，但我也喜欢上了结香。现在我们已经在交往了。"

直人下意识地张开了嘴，下巴上堆起了皱纹。

"但前天我才和结香约会过的啊？"

听到这像是悲鸣般的疑问，我恨不得立即就从现场消失。结香低着头对直人说：

"对不起，直人君。我们不会再约会了。从今天开始，我就是润君的女朋友。对不起。"

阿润盯着自己的篮球鞋尖，而直人则逃避似的移开了自己的视线，转投向一旁的河川。而就在这时，或许其他人没有发觉，但我却看到翻眼看着直人的结香眼中闪过一缕奇怪的目光。这是一种自我陶醉的目光，让人觉得毛骨悚然。结香在为两个男人都喜欢上自己而感到骄傲。脚踏两条船，同时与两个比自己小的男生交往，甚至与之深深舌吻。结香果然是个货真价实的魔女。阿润又说了：

"非常抱歉。如果还不解气，就打我一顿吧。"

直人带着哭腔笑笑说：

"我们是朋友，你让我怎么下得了手呢？"

阿润的腰弯得更低了。

"你不这样做，我会不安的。我对不起你！直人。"

结香也重重地低下头说：

"我也对不起你。直人君。"

"够了，你们快走吧！我不需要你们的道歉，拜托你们快从我眼前消失！"直人突然大叫道。他这一喊，身子都随之抖了起来。

"明白了，对不起！"

阿润说完，就低头拉着结香的手，顺着来时的路往回走。我知道直人正在强忍着泪水。过了一会儿，我说：

"我看我也该回去了。"

直人唰地抬起头说：

"等等！哲郎，我和你一起走。"

"好吧。"

我们坐在同一张长椅上，眺望着秋日的河川。虽然说一起走，但直人却没有要走的意思。大概又过了一小时左右，直人才再次开口，他的身体也停止了颤抖。

"谢谢你今天陪我，让你遇到这么尴尬的事，真对不起。"

说完，直人就像个木偶似的，一步一晃地回到了他离地面有几百米高的房间。

唉，友情还真是脆弱啊。

友情固然脆弱，但爱情也坚固不到哪里去。

阿润和结香这对情侣持续不到三个月就分手了。其分手方式几乎与直人相同，先是把阿润突然叫出来，然后介绍新男友，最后低头道歉。只不过这次的场所换成了新桥站前的交通岛。结香的新男友是开城学院的二年级学生，听说是在补习班里认识的。阿润当面把这件事告诉我时，我对此一点儿也不惊讶。因为我曾见过那双自我陶醉的眼睛。我想不通这个女孩为何会变得如此残忍，但她在重伤直人时，肯定在内心获得了无与伦比的快感。那样子简直就是在享受别人的痛苦。

一段时间内，直人和阿润见面时还有些尴尬。但到了冬天，他们又变得像以前打打闹闹了，和好如初。

某个寒冷的傍晚，我们四个照例在"向阳花"围炉烧烤。直人慢悠悠地说：

"那时候我真是吓了一大跳呐。两个人竟然在前男友面前牵手。"

阿润拿起汽水，往直人的杯子里倒。他说：

"唉，真不好意思。能不能别提这件事了啊。"

"当然不可以。"

阿大插嘴道，我们大笑起来。阿润的脸就像烤红的大虾。

"不过我算是体会到直人的感受了。她和我分手的时候也做了同样的事。"

直人诧异地问道：

"她也在你面前和新男友握手啦？"

"唔，不过比那更厉害。"

这次轮到我往阿润的杯子里倒汽水。

"听你们这么说，我却一点儿也不吃惊呀。"

直人和阿润异口同声地说：

"为什么？"

"因为结香最喜欢干那种事。一年换四个男友，每一个都为她闹得不可开交。真搞不懂这女孩子是怎么想的。"

阿大伸出他那双大手，拍了拍阿润和直人的肩膀说。

"跟那种魔女一刀两断，不是很好吗？你们也算是上了一课。"

"切，少在那儿猪鼻子插葱了。"

阿润显露出不快的模样，但他心里的那块石头的确已经落了地。弱水三千，有一瓢或许就是那不能喝的毒汁。毒汁无色无味，光凭看绝对是无法分辨的。至少在高中阶段，那些有毒的花朵不会在脑门上写着一个"毒"字。

　　明太子芝士文字烧被我们三下两下吞进胃里，接着又要了两人份的海鲜炒面做饭后小点。最后那点面条被阿大扫进嘴时，我们已经把魔女的事抛在了脑后。接下来我们又开始照例的插科打诨。

　　那些错过的事和不好的回忆最好还是尽早忘掉。你多记它一分，它就多伤你一时。这可是用我们血泪换来的至理名言。

Sweet Sexy Sixteen

说到存在感这东西，其实不光是我，所有十六岁的高中生的存在感都很稀薄。

　　本来应该随处可见的东西，为何大家对此却视而不见呢？我觉得大家都在拼命抹杀自己的存在感是有原因的。他们一定觉得自己的十六岁在这个世界上既没什么特长也毫不起眼，所以就讨厌这样让自己暴露在他人的面前。

　　说白了，校服什么的不就和迷彩服差不多吗？比如用廉价聚酯纤维制成的军装，面料都采用灰色，那是为了融入战场，成为灰色街景的一部分。如果解释得再宅一点，十六岁就像《火影忍者》里的多重影分身，大家分裂成相似的个体度过漫长无聊的每一天。

　　这里举个例子：比如说在家里被大人当成好孩子的我是①，在学校里不显眼也不耍宝，总是老实巴交的我是②，在要好朋友面前性情粗暴的我是③，在网上完全是另一副模样的我是④……总之最虚伪的一面总是浮现在最顶层，本应该最了解我的人却也离我最远，所以也就没有人能看到我最真实的一面。这世界上的父母们在得知自己的孩子闯下大祸后的反应都差不多，因为他们只知道①的存在，而不晓得真正犯错的却是③。家长们哭天喊地，口口声声说：不会的，我家的孩子怎么会吸毒，这不可能是他干的，他是多好多温柔的一个孩子啊。如此这般……这般如此……

在家人、同学都看不到的地方，我们又在做什么呢？这还用说吗？当然是暴露出自己的本性去接近那些臭味相投的家伙，就好比远去的彗星又在重力的牵引下重归太阳系一样。请读者少安毋躁，接下来的故事和天文学和物理无关，而是一个关于我如何处男毕业的故事（是真正意义上的破处）。至于对方是谁，当时又发生了什么事，就请您耐心看下去吧。

我会缓缓道来，请不要换频道。

今年冬季，我们（我们当然不是指同班同学，而是老牌四人组）把热情都集中在Erolog的讨论上。所谓"Erolog"，就是色情（Ero）博客（Blog），而最先沉迷这玩意儿的，自然是有"エロ帝"[1]之称的阿润。

---

1 原文中"エロ帝"是"エロキング"。日语中常用"エロ"一词表示色情、猥亵等意。因片假名"エロ"形似汉字"エロ"二字，所以国内的网络用语中也常用"エロ"来代替色情之意。——译注

话说某个周日，我们四个久别重逢，相聚在直人那离地三十四层的豪宅里。阿润拿出他的上网本，请我们欣赏美女。不知为何，在这种海拔看无码裸体美女，总有种莫名的优越感。

"这可是我花费数十个小时，反复搜索整理出来的Erolog List。"

阿润的说话声充满自信。如果被老爸老妈听到了免不了唠叨，有这个时间和精力投入到学习中去，肯定门门功课一百分啊。不过阿润却不用为此担心，因为他可是东大升学率NO.1的开城高中秀才。

"哪里？哪里？快让大叔我看看！"

别看阿大在筑地的鱼市里工作，操作电脑可有一手。他点击那份列表最上层的一个地址。

"这是啥？'人妻小秋的Bondage Life'。天哪！真骚……"

阿大那夸张的反应引得我们三个忙把脑袋凑到九英寸大的液晶屏幕前。只见画面上是一张短发肉弹人妻的性感照片，只有眼部被打上了马赛克。编织成网状的红色绳索裹住了她全裸的身体，丰腴的肉块从红色网孔里呼之欲出。那女人摆出一个微笑着的姿势，手里拿着一个平底锅，站在一个生活感十足的像是厨房的地方。从锅内的容物来看，应该正在做蛋包饭。阿润摆出一副骄傲的口吻说：

"果然还是素人[1]照比较合我的口味。"

"是呀。"直人应道。

"那些收费色情交友网站里的照片大多是专业人士拍摄的，虽然看上去很完美，但总感觉匠气十足。而这张照片虽然拍摄水平很烂，但却能体会到素人的热情以及本色的性感。下一个是直人，你选个看看。"

直人伸出那只手背上爬满皱纹的右手，打开了一个名为"音乐教师KAY之C调Lesson"的博客。也不知道博主哪根筋搭错了，为自己的色情博客取这么"有内涵"的名字，难道不怕来浏览的色狼会误解吗？

"哇！这个好棒！"

看来这种风格的色情博客是直人的最爱。一个身穿白色衬衫的女性坐在钢琴专用的矮凳上，双腿全开。不过这张照片没有头部，所以也没打马赛克。不过最关键的部位却毫无遮掩。阿大装出长辈的口味说：

"唉，看来大家都已经从小色狼变成大色狼了，作为父辈真是感到欣慰啊。下一个哲郎！"

轮到我了？还真有点尴尬。因为我的口味自十四岁以来就没有变过。什么红色绳索捆绑系，矮凳上和振动器，花甲夫妇的流

1　日语中的"素人"是外行、新手之意思。反义词是形容内行、老手的"玄人"。不过在色情文化术语中，"素人"指那些非专业从事色情行业，偶尔进行投稿式展示的人，例如"素人自拍"等。——译注

汗运动，以及和人妖H之类之类的重口味，我统统都无法接受。我一直都喜欢普通女生的普通性感，不过那三个家伙经常笑话我是乳臭未干。

"唉，那我就选这个吧。"

点击后出来一个页面，名为"Sweet Sexy Sixteen"，听上去像流行歌曲歌名一样。阿润斜视了我一眼，讪笑道：

"我知道哲郎你的爱好，所以特意为你准备了这个博客。虽然没其他那些那么Hot，但也足够Sexy。"

博客的主页上是一片耀眼的晴空，上面贴着用手写体英文拼写的博客名称。里面的照片都是些在街上拍摄的日常照，照片的主角摆出一些稀松平常的性感Pose。但那些照片并非专注于拍摄"胸部最高峰"与"内裤内容物"普通色情照，而是较为清纯的"着エロ"[1]。比如高卷的百褶裙下露出雪白粉嫩的屁股，肩膀手臂与无毛的腋窝特写，以及紧绷富有弹性的小腿等等。所有的照片都给人一种微妙的小清新感受，可惜都没有露出麻豆的脸。

"唔，知我者阿润也。"

听我这样一讲，阿润露出了严肃的表情，扶了下眼镜说：

"其实我也觉得这个博客做得也挺不错的。哲郎你看，这个博客有两个重点。"

阿润用活动笔尖在显示器上作出指示，那样子就像个年轻的

[1] "着"在日语里也就是"穿"的意思。"着エロ"就是指遮挡住敏感部位，尽可能暴露的一种情色表现风格。——译注

大学教授。

"首先是这女孩的肌肤。我阅照无数，却还从来没有见过如此透明的皮肤。我看这些照片如此出色，首先就要归功于美肤。"

我在闪耀着荧光的液晶屏上仔细观察，发现那女孩子胸口的肌肤的确浮着一层淡淡的光，那质感就像是在玻璃上抹了一层牛奶。但光看身材的话，瘦倒是很瘦，却非常一般。但只凭这一点，也足以在我心中留下了好感。最近的AV女优身材是没得说，凹凸有致，个个身怀人间胸器，但我却对这种着重于胸部的潮流敬谢不敏。阿大开口问道：

"还有个重点是什么？"

阿润笑着把页面往下翻，出现了一张平淡无奇的街景。阿润用笔尖指着马路上的窨井盖说：

"你们仔细看，这是哪里？"

他并没有立即揭示答案，反而是一张又一张让我们仔细看那些街景。

"这排柳树在西仲通三丁目的拐角。这道水闸是月岛川的水闸。还要我继续往下说吗？"

他都说到这份上了，我们再不明白，恐怕就是智商有问题了。阿大抱着胳膊点点头。不过这么简单的问题似乎没人愿意回答，只有我这个好学生在老师的诱导下说：

"这个色情博客的博主是一个住在月岛的十六岁女生。"

阿润那一声赞扬就像在唱歌似的。

"很好，哲郎同学。我们每天都在这座填海而成的水泥岛上，过着极其无聊的高中生活。而这些美轮美奂的性感照片，是解救我们的无聊和忧郁的一剂良药。这个欲求不满的女孩子却有着一身国宝般的娇柔嫩肤。怎么样？虽然目前金融危机肆虐，但这个世界还是没有抛弃我们呀！"

阿润还真能扯，次贷危机和色情博客有什么关系。不过他说的我也理解。一想到这个博客的主人和我们生活在同一个城镇，我心里仿佛就有头色狼在乱撞。

"唉，你们几个还真是嫩啊。都是些读全日制高中的少爷仔。"

阿大带着满脸的优越，扫视着我们。

"什么色情博客、工口网站，那都是虚的。只有货真价实的性生活才是王道！"

直人尖声叫道：

"阿大，你不是说要守身如玉吗？在高中毕业前绝不和夕菜小姐发生关系的！"

阿大一脸淫笑，挠了挠他那颗光头。这就叫饱汉子不知饿汉子饥，实在让人火大啊！

"嘿嘿，守身如玉只是我单方面的想法，我家那口子可没那么容易放过我。你们都还没做过吗？"

接着他又神神秘秘地说：

"别说男人，女人饥渴起来比男人都厉害呢。"

直人又叫道：

"哎？真的吗？女孩子也想要H？我不相信。"

我的第一反应和直人差不多。阿润眯起眼睛说：

"哦，就和淫乱系的痴女AV女优差不多吧。"

"切，差远了。"

阿大竖起食指，在我们面前摇来摇去。他再这么跩的话，我们肯定会跳起来暴打他一顿。

"你们可别老往AV和色情网站上想。无论是在大街上走的普通女孩还是七老八十的阿婆，她们都有性欲。我也是到了现在这把年纪才明白这个道理的。至于你们嘛，还差得远呢。"

被阿大这么一说，我们三个突然觉得好空虚。直人问道：

"那么说，阿大你已经不是处男了吧？"

阿润拿起身旁的坐垫就往阿大身上砸去。

"就你小子吃独食，太坏了！"

我拿起桌上的杏仁巧克力，把外面的锡纸捏成一个小团，扔向阿大。

"而且还是和这么可爱的女孩。你这个霸占美女的野兽！"

阿大欣然接受我们妒火的洗礼。

"虽然夕菜小姐已经当母亲了，但我还是觉得熟女最好。"

阿润一把阖上了笔记本电脑。

"光说不练，有什么用？要不要赌一把，下一个破处的会是谁？每人出一万，赢的人全拿走。"

这种事怎么算输赢啊，毕竟主动权在自身。不过想想也挺有意思的，我也决定下注。这时候我完全没有料到，这场赌局的胜利者居然会是我。

人生充满了不确定因素，几天后，我就在路上碰到了那个国宝级嫩肤美女。唉，有这么好的运气，我怎么没想到去买彩票呢？

今年冬天冷一阵热一阵的，往往是冷几天后就会热几天。看来地球已经放弃了让人类享受单纯的冬天或者夏天。时至十二月，最热时居然有二十度，冷的时候又会跌回五度左右。气温就像钟摆似的，在两个极端之间反复。

那天是周三，应该属于冷的一天。我骑着自行车，从河对岸的新富高中往家里赶。过桥时我把自己想象成蒸汽车头，正吐着白烟，鸣笛穿过佃大桥。

在我回家的路上，有一段路要沿河而行。穿过河岸边高层建筑旁的儿童公园，是条近路。冬日背阴的公园里一个孩子也没有，但我却看见公园的长椅上坐着一个穿制服的女孩。这么冷的天，真是少见。

那个女孩在膝盖上铺了一张餐巾纸，像是要准备吃什么东西。我看见包装纸是蓝色的，就知道那是麦当劳的麦香鱼汉堡。她没有立即开吃，而是若有所思一番后，撤掉了餐巾纸，并把麦香鱼汉堡直接放在膝盖上。接着她又拿出手机，拍下了麦香鱼汉堡连同膝盖一起的画面。

快门的模拟音非常响亮，女孩不由地抬起头朝四周望了一圈，结果发现了骑着车正打算横穿公园的我。她朝我轻轻地点了下头，我总觉得在哪里见过她，但一下子又想不起来，总之似曾相识的感觉非常强烈。

我带着一脸疑惑回到了家，换好衣服后坐在书桌前开始发呆。烦心的期末考试又快到了，为了应付那令人作呕的复习，我打算先在网上转几圈以积蓄一些能量，而浏览的页面自然就是阿润为我特别准备的"Sweet Sexy Sixteen"，这几乎已经成了我的日课。

我点击链接，出现了那熟悉的晴空页面。但下一个瞬间我却差点石化。博客更新了，更新的是一张照片。里面拍的是一个热气腾腾的麦香鱼汉堡和一个女孩子又白又圆的膝盖。

我真怀疑自己是不是意淫过了头，出现了幻觉。于是我整理了一下心绪，拿出不输于阿润和FBI探员的观察力，重新去看那张照片。毕竟膝盖是每个人都有的，全日本每天能卖出十几万个麦香鱼汉堡。两样都是很平常的东西，撞车的可能性非常大。

我把注意力集中在膝盖和麦香鱼汉堡之外的背景上。铺满灰沙的地面，跟那个儿童公园的地面一模一样。但让我确信无疑的是画面的右上角。我记得公园里有一张蹦床，上面有一只黄色的木马。而照片右上角上那一抹黄色分外鲜艳。

（刚才那个女孩果然就是"Sweet Sexy Sixteen"的博

主！）

就让期末考试见鬼去吧！我抓起外套，冲出了房间。出门前我差点忘了拿车钥匙，拿到钥匙便直奔儿童公园而去。等我气喘吁吁地赶到公园时，那女孩已经走了。我停好车，往公园里的垃圾桶里一瞅，看到了被捏成一团的麦当劳纸袋。看来这一切不是我的幻想，刚才那女孩真的就在这公园里。

我逆着北风，踏上了回家的道路。此时的我的心情有些乱。能遇上"Sweet Sexy Sixteen"的博主的确令人兴奋，但如果刚才她没有走的话，我该如何上前搭讪呢？要怎么说才能让她不至于惊慌，然后将我的想法传达给她呢？想不到最初的几句话就难倒了我。

这种复杂的感情一直盘绕在我的心头。直到我回家吃过饭，洗过澡，看完书，甚至睡不着爬起来去看了一遍博客以往的更新后都没有散尽。

从那天开始，只要有空，我就会去浏览她的博客。

第二天一早，她的博客又有更新了。这次是运动抹胸的特写。抹胸下凸起的乳头，就像枚针尖似的扎中了我的心。我的大脑一片空白，这张照片实在太性感了。完了，我已经不纯洁了。

她大概只有A罩杯，也就是世人所说的微乳或者贫乳。但我并不在意她胸部大小，我又不是阿润和阿大那样的"胸部星人"[1]。反倒是那些波涛汹涌的人间胸器让我觉得有些反胃。这或许就是处男的洁癖吧。

我反反复复思考了一天，直到傍晚，才决定在她的博客上留言。

> 你好，昨天在东京TS一丁目的儿童公园里，

> 看见你在吃麦香鱼。

> 我不是什么跟踪狂，

> 只是你博客的忠实观众。

> 第一次碰见本尊，然我觉得非常惊喜。

> 期待你的更新。

> 我今年也十六岁。

> 　　　蓝色自行车

我又重新读了一遍这条普通的留言，应该没什么问题。但就是这么几句话，就用了我两个半钟头。每次写作文或者读后感都折腾得我够呛，我对写文章这种事还真是没有天分。

1　日文是"おっぱい星人"。"おっぱい"一词是对乳房较为戏谑的说法，而"胸部星人"是指那些对女性乳房的兴趣与关心高于常人的人。这个说法是20世纪90年代日本谐星"タモリ"在他主持的节目中提出来的。——译注

留是留了，但我并没有期待她会给我回复。其实到了第二天
回想起来的时候，我都对自己的行为感到不可思议。平时我是个
做事谨慎得过了头的人，昨天也不知道哪根筋搭错了，竟会想都
不想就给她留言。大概我以为这种敢在网络上贴性感照片的女生
肯定很豪放，在潜意识中期盼着能和她H，所以才会如此冲动吧。

然而，这世上还真有奇迹的存在。

我一直以为浪漫的邂逅只存在与电影或者电视剧中，现在看
来并非如此。

就在留言后的第二天，我照例打开电脑，连上网络。但紧接
而来的信息却让我差点从椅子上跌了下来。

那天傍晚，或许是物理作业与数学公式实在太难了，我感
觉整个世界都被黑暗物质所包围，烦得透不过气来。冬日的夕阳
很快就下了山，只有透过筑地大楼的夹缝才能看见一缕残存的余
光。我坐在书桌前，磨磨蹭蹭地解决作业。但做了半天，怎么也
无法进入状态。最后我索性把微分方程式放到一边，打开电脑，
去看十六岁的博客。

我的心跳都快停止了——我写的留言竟然得到了回复。

　　>骑蓝色自行车的同学，
　　>感谢你的留言。
　　>你或许你不知道我是谁，

>但我却认得你。

>如果你想知道我是谁，

>就请去看看初中的毕业相册。

>竟然有初中的校友在看我的博客，

>这让我更有干劲了。

>如果下次我们还有缘相见的话，

>就让我们聊聊那值得怀念的黄金时代吧。

>现在我的状况实在很坏。

>　　SSS

（那个娇肤美女竟然是我的校友。）

我把回复又读了三遍，干脆扔开课本，开始在壁橱里狂找。相册很快就找到了，里面大概有五个班级的照片，我开始挨个看。那时候的阿大比现在还要肥，看起来也很嫩相。阿润还是初中时比较踺。直人则要比现在年轻多了，白发还很淡，就像挑染的一样，不像现在几乎是半黑半百。至于我嘛，不知道该怎么说。明明只是一年前拍的照片，但那张臭脸就好像死了父母一样难看。唉，我就用这种如丧考妣般的表情来祭奠我的青春吗？

别乱想了，还是快找那个娇肤美女吧。公园里没有看清她的长相，我只记得她的大致脸型。找了一刻钟左右，终于锁定了目标。

四班的小衫真帆。

就在发现她的真身的同时，我的内心涌起了一股强烈的遗憾。尽管我从未和小衫真帆当过同班同学[1]，但有关她的坏话我却听得不少。我对学校里朋友的闲话一般都不怎么关心，但小衫真帆的八卦我却略有所闻，说明她在月岛中学的确赫赫有名。女生都对她冷眼相待，男生都把她当成捉弄的对象，难道升入高中后她仍旧被人欺负吗？那样的中学生活对小衫真帆来说，恐怕不是什么值得怀念的黄金时代吧。

我阖上了毕业相册，躺到床上。脑子里一直在考虑刚才那些问题，结果越想越烦，于是拿起手机打给阿润，想问问他有关小衫真帆的情况。

"忙不忙？没打扰你学习吧？"

阿润仍旧摆出一副酷酷的样子说：

"要看书什么时候都可以。有事吗？"

"我知道'Sweet Sexy Sixteen'的博主是谁了。"

"哦，说来听听。"

于是我就说了儿童公园里麦香鱼的事，还提到了自己的留言和她的回复。阿润听后自言自语地说：

"四班的小衫啊……"

看来阿润对她也没有什么好印象。

"有关小衫的那些传言是真的吗？你也知道我孤陋寡闻，快

---

1 日本的初高中每年都要打散学生重组班级。——译注

告诉我吧。"

阿润的声音变得认真起来。

"哲郎，你还记得阿大从儿童商谈所回来后发生的事吗？"

"记得。"

这种事怎么可能忘记呢。说起来，阿大的父亲死了已经两年了。

"那时候阿大虽然回来上学，却和我们疏远了。他成天和A组的那些人混在一起。"

是啊，阿大差点误入歧途。A组的成员大半都是在私立学校读书的学生。听说A组的老大是某个暴力团的成员，平时尽做些替暴力团跑腿的工作。

"据说小衫真帆是A组的'公车'，他们甚至把她以每次五千日元的价格租给外校的学生。"

"真的吗？居然有这种事？"

"不知道，只是传说而已。到底是真是假，谁也不知道。毕竟这种传闻又不是从A组成员或者小衫真帆的嘴里说出来的。"

我无话可说，但暗自做了一个决定，以后再也不在那个博客里留言了。还是不要和这种人有什么牵连比较好。如果阿润说的是事实，那么博客只不过小衫真帆用来打广告的"商务平台"。

但浪漫的邂逅却并未就此结束，名叫命运的家伙并不打算轻易地放过我。

就在某个无所事事的周六傍晚，我在月岛图书馆里看书。我挑了几本想看的杂志后，便潜入图书馆之海，打算以此来消磨时间。这是我喜欢的休闲方式。我坐在"伦理学·论理学·哲学"书架下的一张圆桌旁，开始看Cycle World。好想要一辆碳素钢车架的公路自行车啊，可惜两百万日元的价格让我只有流口水的份儿。突然，有人拍了拍我的肩膀，那感觉就像只小鸟在肩上轻轻啄了两下。

"我没看错。果然是哲郎君你呀。你好，谢谢你上次的留言。"

是小衫真帆在向我问好。她穿着茶色的百褶裙，绿色的外套，像是某个私立女子高中的制服。我慌了神，半天说不出话来，却在心中不住地赞叹她那像冰柱一般的肌肤可真白啊。

小衫真帆靠着书架站在那里。虽然身高一般，但身形纤细，裙间微露的大腿挑逗耀眼。我愣了大约两拍子的时间，才回过神来说：

"啊，你好，小衫同学。"

但接下去就不知道该说什么了。十六岁的色博女王，A组的退役公车，一次五千日元的少女娼妇之类的言语在我脑袋里跳圆舞曲，下面已经不争气地支起了帐篷。小衫真帆黑着脸问我：

"哲郎君已经知道那些传闻了吧？"

"不，没有，其实……"

小衫真帆坐在我的身旁。我俩相隔咫尺，液晶屏里那圆润白嫩的膝盖伸手可及。

"我在读初中的时候没有朋友，所以十分羡慕哲郎君的四人组。你们很有名，四个人总是在一起玩。你们帮大辅君从A组脱困，用身体来守护朋友，就连A组里都有人夸你们讲义气。"

"是吗……"

书架与书架之前的走道上飘散着书本的气味，四周光线昏暗，面积狭小。如果现在不拿出勇气问个明白，我就和那些中伤小衫真帆的人没什么两样了。

"为什么说在月岛中学就读的日子是你的黄金时代？"

小衫真帆深深地叹了一口气。真人和照片还真不一样，与其说性感，倒不如说是更让人觉得心痛。

"其实中学生活还不赖。学校里虽然人数不多，但还有几个能称得上是朋友的人。"

"A组的那些传言是真的吗。我是不怎么相信的。"

小衫真帆惨笑着说：

"啊，是有野君的事吧。他长得挺帅的。读中学时他虽然不是我的男朋友，但因为在班级里没有我的位置，所以我大多数时间都和A组的人混在一起。有传言说我和A组的男人都睡过吧。"

我还是第一次听到女孩子说那么露骨的话，心脏都快死机了。

"唔，还有更过分的话。"

"哦，应该是喜欢有野君的女孩说的。我记得那姑娘是女孩们的首领，但却被有野君给甩了。她见我总和有野君在一起，所以才会编出那些谎话。所以我才对女孩子没辙呀，还是和男孩子交往比较爽快些。"

太好了，我轻松不少。小衫真帆像是看透了我的想法，便说：

"或许是我在说谎呢？传言才是真的，我说的全都是谎话。"

小衫真帆双手环膝而坐，紧盯着我。我惊叹人类的眼睛竟会有如此的魔力，注视着她那双茶色的双眸，原本已远去的欲望就像一阵阵海潮又涌上了心头。我压低嗓音说：

"是真是假谁也不知道。"

小衫真帆笑了。

"是啊，这个世界上根本就没有人知道真相的。"

换言之，谁都有选择信还是不信的自由。我缓缓地说：

"所以我相信你，小衫同学。"

小衫真帆眺望着远处，伸出手指擦了擦眼睛。我不知道她是不是真的哭了。

"谢谢你。哲郎君，把你的电邮地址告诉我吧。"

我们在图书馆的最深处交换了电邮和手机号码。

摆在我正前方的是一本亚里士多德的《尼各马可伦理学》，虽然我可能一生都不会去读这本书，但这本书的书名却让我永生难忘。

　　小衫真帆和我成了手机聊友。多的时候，我们一天要来回发二十多条短信，但不知道为什么，我俩却不怎么打电话。她是个很聪明的女孩，写文章要比说话拿手。而且她从来不用一般女孩喜欢的表情符号来表达感情。文面干净整洁，光是白底黑字就足以传达自己的想法。

　　现在我也忘了，是在怎样的情况下和她说起赌约的事的。我们短信交流了一周左右，我就把"赌童贞"那件事说给她听了。那时候我和小衫真帆虽还算不上是真正的情侣，但关系很好，处于恋人未满的状态。

　　剩下的三个人谁先破处就能拿到三万日元。原本我是抱着开玩笑的心态把这件事告诉她的，谁知过了五分钟左右。

　　　　>那么，哲郎君，
　　　　>要不要我做做看？
　　　　>我也是第一次，
　　　　>但对这件事很好奇，
　　　　>但我不想和哲郎以外的人做，
　　　　>到时候赌注一人一半（笑）。

　　这是小衫真帆第二次让我的心脏差点死机。第一次是在她对那些传言作出解释的时候。不过当时的心情，喜悦要大于惊讶。

而这一次她居然提出如此诱人的邀请，却让我的心情变得极度复杂。

我的确对小衫真帆有好感，但还没到非常喜欢，想和她成为恋人的程度。如果要我说喜欢的话应该没有问题，但要说"我爱你"什么的就无法开口啦。这可是个一旦说出口就必须背负一生的魔咒啊。

但另一方面，我却对性爱与女孩的身体极度神往，想要在液晶屏以外的地方和女生亲密接触。毕竟我是个健康的十六岁男生，这样的想法是天经地义的。和喜欢却不爱的人做爱，理由是赢得朋友的赌约。这样做真的好吗？

她用五分钟想出来的提议，却让我思考了一整晚才回复。最后我这样说：

>谢谢你。

>我收到短信后非常高兴。

>我喜欢小衫同学。

>但还不到非常喜欢的程度。

>如果你不介意的话，

>那就请多关照。

又过了五分钟，她就回复了。

>星期日，上午十一点。

>月岛站的检票口。

>我也很高兴。

读了如此豪爽的回复，我决定跟小衫混了！但如果我叫她老大的话，肯定会被她骂的。

这周的星期日是个大冷天。放射性冷却现象使东京当天的气温跌倒了摄氏二度。从前天开始我就频繁关注天气预报，对约定当日的天气如何一清二楚。

看看时间差不多了，我就赶往检票口。小衫真帆站在检票口，身穿白色羽绒服和迷你裙，那模样看上去惹人怜爱。V字开口的毛线衫下就是白嫩的肌肤，我没有勇气直视她敞开的胸口。

"你好，真的可以吗？可别后悔啊，如果不想做的话，就不要强迫自己。"

从说早上好开始，我的神经就处于紧绷的状态。七分喜悦中掺杂着三分恐慌。

"呵呵，我没有紧张。我们去情人宾馆吧。出发！"

绿色的包装纸上扎着红色的彩带，我收到一份不是情人节的情人节礼物。

"谢谢。"

"把手给我，就算你的回礼啦。"

于是我们牵着手通过人来人往的检票口。在地铁中我们一言不发。小衫真帆表面上很镇静，但她冰冷的手指却抖个不停。从有乐町线到半藏门线的这段路程只有十来分钟，但对我们来说却像是永远。来到涩谷的街头，步行交叉路口人潮涌动，就像狂风吹拂下的海面。

"还不到中午呢。"

小衫真帆点点头。我站在仅知的几座大厦前，邀请她吃午饭。涩谷109大厦的七楼有一家专卖意面的餐厅，我说我请客，但小衫真帆却提议两人AA。点餐的时候，小衫真帆递给我五千日元纸币。我有些生气了，便说：

"你就别跟我客气啦。开房间的钱再AA吧。"

说出口时，才发觉侍者就站在桌旁，我顿时脸色通红，而小衫真帆却装作什么话也没听到似的。吃完饭后，我们手拉手坐电梯下楼。来到道玄坂的那一瞬，我的心脏似乎停顿了几秒。之后发生了什么事情我就记不太清了。或许是因为太过害羞以至失去了判断力，我看到第一家宾馆就要往里走。结果还是小衫真帆拉住我说，那边那家比较漂亮。

走进四壁昏暗的电梯内，我和小衫真帆仍旧手牵着手。事后回想起来，只有那一刻的记忆是清晰的。

短信也好，博客也好。无论用多少条短信多少张照片都无法替代我们在房间里相处的一百一十五分钟。离两小时还差五分钟时，我们走出了房间。因为喝了房间内的一瓶矿物饮料，在前台又追加了三百日元，付款的时候我真是羞得恨不得找个地缝钻进去。

我们在人潮荡漾的涩谷街头散步，走累了就钻进咖啡厅休息。心里有很多话想说，但在此时两人都开不了口。

处男毕业是这辈子令人欣喜的大事之一，但我觉得自己并没有产生多大的变化。做爱是一件非常神秘非常私密的事，但仅仅做过一次却并没有改变小衫真帆和我。稍稍变得"丰满"一些的只有我们的阅历和她的身体。毫无变化的两人回到了毫无变化的涩谷街头。

在宾馆狭小的房间里究竟发生了什么事，那是我和她之间的秘密。我们对谁也没有说，包括那三个损友。所以那三万日元的赌注就此化为浮云，但我也保住了处男毕业的秘密。有时候小衫还会觉得那三万日元打了水漂有些可惜，不过和我的秘密比起来，那三万日元真的不算什么。如今我的"Sweet Sexy Sixteen"就在身边，她会告诉我很多博客上也看不到的秘密。

嘿嘿，其实博客什么的，根本无法和你最重要的人与最重要的秘密相比。

十六岁的别离

死亡究竟是什么？

　　这个春天，我一直在考虑这个问题，这或许也是人类永恒的谜。这世界上有这么多天才，无论你问什么，他们都能抛出一堆数字和资料来向你做出解答。但也就是这些万事通一样的人，却没有一个能够用明确的语言或者数学公式告诉你死亡究竟是什么。

　　其实无法解答这个问题也很正常。死后无人生还，自然无人可说死后究竟怎样。电视里有时会播放有关临死体验的节目，但作为一个十六岁的高中生，实在无法接受什么在一片花海里有亲人来迎接你之类的说法。因为这种说法很奇怪。如果一个人没有亲人，那么来迎接他的难道都是天使吗？天使就像日本旅馆门口的招待一样，排好队弯着腰对逝者说："欢迎您来到死之国度。"那场面光想想就觉得可笑。

初春时节，刮来第一阵南风时，我接到了一个电话。而这个电话也就成了我开始思考死亡为何物的契机。我在那个电话里和许久不见的友人聊了几句，随即决定参加一个拍摄计划。虽然并没有想象中那么兴奋，但这毕竟也是我这辈子第一次上电视（和阿大、阿润、直人他们三人一起上镜）。不知道要过多少年才能获取的经验，居然在这一个春天里就补齐了，人生就是这么不可思议。

待到所有事结束后，再回头看看佃公园那些染井吉野樱，感觉它们美得就像是一场梦。抬起头去看那繁盛的枝条，我开始沉思。那家伙也在欣赏这美丽的樱花吗？从彼岸望过来，所看到的樱花究竟是怎样的？在那个世界也有春天吗？也能体会到柔和的暖风包裹住身体所带来的幸福感吗？但无论我自问多少次，都没有一个答案出现。

也就是从那时候开始，我对死亡有了一点点的认识。

死亡就像一是个只剩下本机号码的手机，无法与人说话，无法与外界沟通，既收不到也发不出任何短信。所有的疑惑和思想都被清空了，过往的回忆也删除得干干净净。

但和我这种只会胡思乱想的小鬼相比，真正可怜的是那个已经故去的活宝。他是如此憧憬艺人这份职业。如果阴间也有娱乐快报之类的节目，他肯定会毛遂自荐去当主持人，并且会在节目中大秀一把。那家伙会在那个世界里播放流行音乐，并且大谈潮流动向：

"哎，各位都已经死了，四肢冰冷。所以这个季节少不了帽子和围巾的装点。今年流行白色的花朵图案……"

每当我想起阿让说过的冷笑话，就会觉得两眼发热。

我看还是快点进入正题比较好。

说了这么多，大家应该也明白了。这回的故事，是说我与一个十六岁男生的死别。

那个男生名叫关本让。阿让的名字和他在防菌罩里强颜欢笑、制造笑点的身姿，让我没齿难忘。

那些难以忘怀和时常想起的事，都是在他生死转换之间所留下的片片回忆。

今年初春刮来的第一阵南风一点儿也不暖和。风的确是南风，但这风冷得甚至让人怀疑是不是从空调里吹出来的。那天我正从月岛图书馆往家里赶，途中接到了电话，于是我把山地车靠在西仲通街边的柳树上，拿出了手机。

"喂喂，哪位啊？"

"太好了，还好你没换号码。哲郎，你还记得我吗？就是在中学里跳楼的那个英雄。"

虽然有一年多没见了，但这轻佻的口吻让我立刻就想起了对方是谁。

"是阿让吧！我听出来是你了。突然找我，有什么事吗？"

关本让是我初二时的同学。再说一遍有关他的往事，似乎有些麻烦，简而言之他是一个希望成为艺人且经常耍宝的家伙。他曾做过班级里的播音委员。有一次他当着全班同学的面，从校舍四楼上跳了下去。还好只是摔断了两条腿，小命没什么大碍。但那家伙康复回校后，就急着召开了一场为自己准备的欢迎会。说到这里，关本让是怎样一个人，大家也不难想象吧。

"有件事想拜托你。其实，这事也只有哲郎你能帮我。"

我有一种不好的预感，阿让口中的请求大多是些让人很不愿做的事，所以我的回答也就像今年的南风一样冷淡。

"什么事啊？麻烦你快点说。我有急事。"

柳条就像鞭子似的在空中来回摆动。其实我也没什么急事，回家后能做的就是看看刚从图书馆借来的书。

"我明白了。我想拜托你扮演我的朋友。"

"扮演？什么意思？"

我们的关系虽然不是很亲密，但阿让至少还算是我的朋友。毕业后差不多有一年没见了，一般人都会融入新的环境，而与原先的同学逐渐疏远。

"其实最近有个电视节目要采访我。"

"哎！真不错。你终于要作为艺人出道了呀。"

阿让就读的那所中道学院培养过不少艺人和偶像，是一所被演艺界认可的为数不多的高中之一。阿让回答时候的口气却没那么自豪：

"哎，差不多啦。"

"你的同学不是更合适吗？听说你们学校的学生从小就开始练习怎么演戏了。"

"话是这么说，但我很少去学校，而且也没什么能帮得上忙的朋友。"

我还是第一次听说，这个把受人关注当成生存动力的阿让居然会逃避上学，这还真是稀奇啊。

"唉，一言难尽啊。具体细节我当面再告诉你，明天四点你来医院找我吧。"

医院？难道他住院了？一时间我不知该不该问，阿让忙喊道：

"圣路加医院1028号病房。明天一定要来啊！"

说完他就挂断了电话。那天晚上，我一边读着从图书馆借来的历史书（为了做作业才借的），一边考虑到底要不要去，真是让人不爽。

第二天四点不到，我就出现在圣路加国际医院的大理石前厅。我就是这种性格，无法狠下心来拒绝别人的请求。很奇怪他为什么不找自己的高中同学来做这件事，所以在答应之前有些问题一定要问明白才行。来到十楼，我在护士值班室前问道：

"我找1028室的关本同学。"

戴着口罩的美女护士啪嗒啪嗒地敲打着键盘，对我说：

"您预约过了吗？"

"是的。"

"那请跟我来吧。"

她带我来到走廊尽头一个小房间，里面整齐地排列着灰色的柜子。护士打开其中一个柜子，熟练地对我说：

"请用消毒酒精洗手，然后换上这件外套，戴上口罩。"

我瞪大了双眼。护士拿出来的外套就像是电影《生化危机》里出现的防护服。

"你应该没感冒吧？"

"我想没有。"

护士点点头，然后就走出了小屋。这到底是怎么回事？在医院的高级消毒间内，我的不安瞬间越过了警戒线。

等所有必要的准备工作都做完后，我来到了阿让所在的病房门前。门上开着一扇船舱里才会有的圆形窗户。我敲了敲门，就听见阿让含糊不清的声音。

"请进。"

然后，我小心翼翼地推开了门。这家医院所有的病房都是比商务套房略大的豪华单间。当我看见摆放在病房中央的那个东西后，就惊讶地说不出话来了。

原来在病房的中央居然还有一个透明的"房间"。阿让就躺在病床上，床的四周被透明的塑料布给包了起来。

"哈哈，吓了一跳吧。你能来真是太好了，哲郎。"

透过厚厚的塑胶布，他的声音比手机里的通话声还要轻。阿让身穿彩虹纹路的睡衣，笑着半躺在床上。他的脸色还行，头上戴着一顶米色的毛线帽。

"阿让，你这是怎么回事？"

这位原播音委员羞涩地一笑说：

"也没什么。我得了很严重的病。医生说那病叫恶性淋巴肿大。"

"那你现在在进行治疗吧？做过手术了吗？"

"这个病没法动手术，主要靠药物治疗。现在正在进行的是十二周抗癌剂治疗。今天进行到第四疗程，也是最后一个疗程。哎，你快坐下啊，别傻愣着。"

我坐在病床旁的一张沙发上，觉得安心了一些。不断受到的冲击让我的脚都有些发抖。我猜想这肯定是阿让导演的一出"惊吓秀"，整个病房都是为拍摄而准备的道具。再过一会儿就会有摄制组人员扛着摄像机举着"吓一跳"的牌子出现了。

但我没有立即揭穿他的谎言，反而将计就计地说：

"听说抗癌药剂有很大的副作用。"

看了这么多电影、电视剧，这点常识我还是有的。

"唔，是啊。副作用因人而异，我的情况还好，不像别人那样又是呕吐又是红肿的。不过，你看。"

阿让摘下帽子。我不禁深倒吸了一口气。今年冬天澳大利亚发生了一场山林大火，而阿让脑袋的模样就像是大火扑灭后的林场，只剩下一片惨白的灰色，若干断发就像焦黑的树枝一样东生西长。这让我很难相信，眼前这个男孩和我一样只有十六岁。阿让笑了笑，指着残发较多的后脑勺说：

"你看。"

他手指的部位有一丛浓密的黑发缠绕在一起。

"我的副作用就是毛根坏死。出院后必须用生发剂。"

我的身体不住地颤抖，这时我才明白，这绝不是什么作秀节目，也绝不是阿让的恶作剧。他在高中不可能有新的朋友，因为在入学的同时他就发病住院了。他根本就没上过几天学。

在如此危险的状态下，塑胶帐篷里的阿让竟然还笑得出来。我无法理解他此时的想法，待在这里，就是在和生命赛跑啊。而这时我也下定了决心，无论阿让拜托我做什么我都会去做的。我已经做好了准备，要为这个病重的初中同学赴汤蹈火。

"能说说你的请求吗？"

阿让盯着病床旁边的一张桌子说：

"再过一会儿，电视台的人就要来了。她会对你说的。"

"电视台？"

十六岁的候补艺人平静地说：

"是啊。我联系上了学校里的一个朋友，让他推荐电视台来采访我。现在电视剧和综艺节目的收视率都很惨淡，反倒是纪录片有回归的趋势，所以我才向他们推荐要不要来采访我的抗癌记录。"

"……"

我无话可说。不愧是阿让啊，得了这么重的病，都可以拿来做自我宣传的手段。我对他的敬佩犹如长江之水，滔滔不绝。想到这里，我忍不住笑了出来。

"我明白了。那扮演你的朋友，要做些什么事呢？"

"唔，电视台的人说光拍我在单人病房里的画面和家属的访谈太冷清了，最好能找几个十几岁的朋友来增加些气氛，问我有没有合适的人选。"

于是他就想到了我吧，真是"知人善用"啊。这时门外响起了杂乱的敲门声。也没等阿让应门，门就打开了。一个比我们年纪大的女人走了进来。

"让君早上好。身体状况还好吗？"

女人穿着条牛仔裤，上装是跟我同款的白色外套。因为戴着眼镜和口罩，所以无法看清她的长相。看到我后，女人颔首示意，并从挎包里拿出名片。我慌慌张张地起身接过名片。上面写着"Office Edge 主播 宫原由加里"等信息。等我抬起头时，她已坐到了我身旁。

"让君已经告诉我了，你就是北川哲郎君吧？请多多关照，探视时间就快结束了，我们长话短说。下周让君出院的时候，预计会举办一个庆祝活动。我想拍一些活动上的场面，希望让君的朋友也能一起参加。当然人越多越好。另外你有没有好的点子，可以说出来听听。"

她的话就像火车进站似的，让我跟不上。但看样子她就是这次采访的负责人，为了阿让，我自然要鼎力相助。

"我明白了，让我想一想吧。"

话虽如此，但一时半会儿我也想不出什么好点子。看来只能召集我的那几个好友来帮忙了。之后大家又随便聊了几句，我就向他们道别回家了。半路上我拿出手机，拨通了阿润的号码。

"有谁会看那家伙的纪录片啊？"

第二天傍晚，我们四个在直人位于Skylight Tower三十四层的家中集合。而刚刚发表不屑言论的，正是这次作战的军师阿润。我要把阿让现在的处境告诉大家。

"你们应该也看过那种采访重病小孩的纪录片吧？这次就是要做一个类似的节目。摄制组的预算很充足，而且他们也拍过不少类似的片子，评价都很不错。制作方希望尽可能地多找些个性迥异的朋友来协助拍摄，为这个节目添枝加叶。"

阿大抱着胳膊说：

"你的意思我明白，但我们和阿让的关系很一般呐。"

阿大的话让我觉得很无奈。一旁的阿润插嘴道：

"熟不熟没关系，媒体又有多少东西是真的啊。"

一直保持沉默的直人开口道：

"恶性淋巴肿大是一种非常可怕的病。说句不好听的，或许阿让是想在这个世上留下些东西，才会把自己的经历推荐给摄制组的。"

直人身患早衰症，所以他才会对生病的人特别温柔。我想起了两年前与赤坂先生的邂逅，当时他还是个从医院逃走的癌症末期患者。和他一起看的东京湾烟火大会，是我这辈子看过的最美的烟花。当时的感受让我今生难忘。

"大家这辈子还有很多机会做自己想做的事，但阿让或许就只有这么一次机会了。就当替他完成最后的心愿吧，拜托大家了。再说他的个性你们也清楚。除了我们，没人能帮他这个忙。"

听我这么说，阿大也忍不住叹了口气。时节尚早，天寒未暖，但阿大在室内也只穿了一件T恤。他只要靠消耗肚子里的脂肪就足以御寒。

"行了！别说了！大叔我明白了！"

我了解阿大的豪侠脾性，他可是在筑地鱼市打工的正宗江户男儿。

"要怎么干，您开口吧。"

说罢，他便用砂锅大的拳头在胸口捶了两下，胸口那堆肥肉随之荡漾开来。

"行！到时候就靠你了。"

还差一票就全员通过了。我对阿润说：

"就差你一个了，阿润你也来帮忙吧。"

四人小组的秀才阿润把我们三个轮流打量了一番，装出一副实在没办法的表情说：

"唉，四个人中演技最好的肯定是我。哲郎刚才说要给那小子举办出院Party，那我倒有个好点子。"

真不愧是将来要进东大的人。虽然嘴巴有点毒，但他做什么事都会比别人先行一步。

"提到月岛，电视台的那帮人最先想到的肯定是文字烧。我们就包一家文字烧店，在那里为阿让举办出院Party。"

阿大大吼一声：

"哦！太好了，那就选在向阳花吧！"

月岛有上百家文字烧，但要说最老最脏的恐怕非"向阳花"莫属。不过对电视台的人来说，与其拍那些闪闪发亮但无甚特色的一般店铺，倒不如拍些有噱头的画面比较有趣。我又说：

"这主意不错，如果是向阳花的话，随时都可以包场。除了我们四个，阿大你再把夕菜小姐和大雅君也带来。不如我们把一哉他们也叫来吧！"

如果连一哉也叫上，那这次聚会就不光是添枝加叶那么简单了，简直就是花团锦簇了。森本一哉是我初二时的同班同学。虽为男性，但他的性取向与众不同，并且偷偷地暗恋着阿大。紧接着我又想到，不如把正秋也叫来。町山正秋拥有异于常人的遗传基因，他在成年后可以通过摄入不同的荷尔蒙来选择自己想要的性别。有他们来参加拍摄，阿让的出院Party肯定会非常热闹的。

阿润奸笑着对我说：

"哲郎，把你女朋友也叫来吧。"

"哎？"

阿大也跟着奸笑道：

"是啊，我把老婆儿子都带来了，哲郎你把真帆妹妹也叫来吧。我们还没和她说过话呢。另外两个就比较衰了，根本没有女孩可带。"

我和小衫真帆的关系还算不上是"热恋"，可约会却没有断过。虽然我们已经偷食了禁果，但情感却没有因此而急速发展。做爱的确是件很美妙的事，在我们现在这个年纪浅尝即可，还是不要沉迷较好。灵肉结合的阶段还在遥远的彼方，现在眺望那端甚至会有些恐慌。对于他俩的提议，我勉勉强强地回答道：

"知道了，我会问她的。"

"那么演员都找齐了。第一次上电视，我还真是有点紧张呢。"

阿大坐在直人的床上，抖了抖身子，腹部的脂肪就像块地震时摆在桌上的布丁，跟柔软的床垫一起产生了极富弹性的摇晃。阿润很严肃地说：

"我两年前就说过了，下一个住院的肯定是阿大。"

一开始我还想笑，但细想后就笑不出来了。像阿让这种从四楼摔下来都死不了的小强，如今都被关在塑料布围成的帐篷里。死神下一个会选择谁，我无法预测，也不敢去想。

周六吹来的那阵暖风才是真正的"春一番"[1]，冬天穿的羽绒
服便有些穿不住了。我们约好所有人都在西仲通的沿街拱廊下集
合。以宫原主播为中心，大家围成一个圈，召开拍摄准备会议。

"大家不要紧张，想说什么就说什么。虽然摄影机会围着你
们转一天，但真正播出的只是一小部分。不合适的地方在后期的
编辑中都会被剪掉，大家就当摄影机不存在，自由发挥吧。"

摄制组包括一个扛着大型摄像机的摄影师，一个负责照明的
摄影助理，一个负责录音的技师，加上主播，总共四人。这应该
是最简单的摄影组编制了。

而阿让则坐着轮椅，待在不远处光线明亮的过道上。其他的
工作人员也都在那里待命。

"喂，请等一下。"

阿让摆出主演的架势，那身上那件UNIQLO黄绿羊绒衫和白
色西装裤颜色十分鲜亮，一看就知道是为了上镜新买的。宫原主
播对我说：

"哲郎君，麻烦你把让君推到这里来。大家表现出很热情
的样子去欢迎他们两个，然后再从转弯处拐入小巷，朝向阳花前
进。不好意思，相同场景要拍两次，一次从前面拍，另一次从后
面拍。"

"没问题，您就放心吧。"

1　"一番"有"最"的意思，如最初、最好等。"春一番"是指春初第一次刮来的较
　强南风。——译注

阿大高声喊道。他用育婴带把大雅君系在肚子上的模样十分可爱。我笑着来到阿让的身旁说：

"瞧瞧，你这明星还真耀眼啊。怎么样，身体还好吧？"

走近了我才发现，阿让的脸色白得吓人。他坐在轮椅上，却还想伸手和我击掌。我连忙上前，轻轻地拍了一下他那冰凉无比的掌心。

"状态最差，心情爆好。走吧！前方是我这辈子最耀眼的舞台。"

拱廊下光线很暗，助理在前方打着灯。灯光耀眼，我只能推着轮椅缓步前行，去往会合的地点去接受那做作的掌声。过路人纷纷投来疑惑的目光，而我也觉得十分丢人，毕竟是要推着他在生我养我的街道上装模作样嘛。我想其他人的想法也肯定和我一样，他们充满不安的视线在我身上打转。最先出声的人是阿大：

"哟，阿让，好久不见。你还带人来拍电视啦，真棒。"

"的确好久不见了，我还不知道阿大你都有小孩了呢。"

阿让的声调异常冷静，之前他总在担心自己到底演不演得好，看来这种担心是多此一举。我们的正上方是一支用长棒支撑的麦克风。

"今天有几个生面孔我没见过。各位好，我叫关本让，是一个得了怪病的悲剧英雄。"

在这种时候都不忘开两句玩笑，的确是阿让的作风。可惜大家的反应既慢又冷。会师后，众人沉默着拐进小巷，朝"向阳花"前进。这时，主播突然喊停。

"大家都拿出点精神来。说说话，笑一笑，可以吗？"

我们又不是艺人，只是普通的高中生，明明没什么可笑的，难道让我们干笑吗？要我们像专业演员那样收放自如，那是不可能的。结果两次摄影的效果都很差，完全没能活跃起来。拍摄的舞台也转入了向阳花店内。

今天的"向阳花"和平时有所不同，总是湿乎乎的三合土地板和榻榻米混座都被清理得干燥整洁，墙壁上挂着的菜单也换成了新的。我扫视了一圈，发现门楣和四隅都安放着强光照明设备。

"哈哈，大家总算来了。"

只有佐知婆婆还是那个老样子，她穿着一件黑色的贴身汗衫，外面套了一件我从未见过的大红连衣裙。婆婆站在柜台后面告诉我们，今天人这么多，所以让女儿美纱绪也来帮忙。身材超绝的美纱绪小姐闪亮登城。她今天穿了条雷鬼风的亮片牛仔裤，上身是豹纹卫衣，酷劲十足！

"一切照旧吧？"

桌子上已经摆好一排淡绿色的冰镇汽水。我们随口说出常点的那几个菜。加咖喱味模范生干脆面的明太子芝士文字烧，再来拿两份大盘什锦炒菜和炒面。

主角阿让就坐在轮椅上，停靠在桌边。我和直人一桌，阿润和阿大一家三口坐混座。刚进店时大雅突然大哭着想要吃奶。一哉与正秋保持着微妙的距离，坐在我的隔壁。同志和伪娘似乎正在暗中观察对方。真帆摆着一张臭脸，看样子心情也好不到哪里去。本来身为她的男友，这时应该去哄哄她才是，可我却把所有的心思都放在了阿让身上。

用汽水干杯后，现场气氛仍旧无法软化。其实也不难理解，今天到场的人有一半都不认识阿让，而我们四个也和他有一年多没见了。我们不咸不淡地聊着一些无关紧要的事，一旁的宫原主播急得都快哭了。大口吃着文字烧的阿大自问自答地说：

"中学时代的阿让是个怎样的人啊？"

他一边吃着东西一边回答：

"非常喜欢吸引别人的目光。曾当选过播音委员，在校广播台担任DJ。联欢的时候他也总是第一个表演模仿秀。"

一旁的阿润突然插嘴说：

"吃面包比赛时，你把他杀得落花流水。"

这事我也记得。只是两年前发生的事，想再回想起来，有种恍如隔世的感觉。如果再过四年，回想今天发生的一切，不知道那时会是怎样的心情。

"直人君，听说你得了一种比一般人要老得快的病。那对于同样身患重病并且与你同龄的让君，你有什么看法？"

镜头突然转向了直人那花白的头发。我觉得这样问有些过分，听上去似乎没什么恶意，其实是在拐着弯儿套话。直人想了下回答说：

　　"有种不可思议的感觉。虽然现在我和大家在这里一起玩，但时常会冒出我是不是已经死了的想法。两年前阿让从校舍四楼跳下来都没有死，但他现在却得了这么严重的病。"

　　一旁的阿润抢过话头插嘴道：

　　"你说的还不够，他们想问的其实是你对自己的看法。这样拍纪录片才能打动观众。至于阿让，他是个摔一跤也要让大家笑两声才肯爬起来的家伙。"

　　这或许是毒舌小将阿润说过的最毒的话。阿让没什么食欲，面前装菜的碟子也总是空着。但他脸上的笑意不绝。宫原主播又问道：

　　"让君在十四岁的时候曾经从校舍的四楼跳下来过。他为什么要做这么危险的事？在你们的班里也有欺凌现象吗？"

　　这是个微妙的问题。从同班同学的角度来看，他那种哗众取宠的癖性和不懂得察言观色的粗神经，的确让班里很多人讨厌。但我没见过有谁欺负他或者全班联合起来无视他。这样的事情有没有我不敢保证，至少我没有亲眼见到过。

　　"那事发生之前，我的父母刚离婚不久，而我在班里的人缘也一向不怎么好，所以才会变得很冲动。但我真的不是想死才去跳楼的，而是想试试能不能飞起来。通过练习，我已经能把汤勺变弯了，说不定跳楼能激发我飞翔的潜能。"

　　阿大终于忍不住笑了。

　　"结果是两腿骨折。"

　　脸色苍白的阿让也跟着笑了起来。

　　"是啊。但也是通过那件事，我才和你们熟起来的。"

　　"跳楼是一件非常危险的事，说不定会有生命危险，并且会给你的父母与学校带来很大的冲击。有这么多严重的后果，我觉得想飞应该不是你跳楼的最大理由。那时候让君有什么烦恼，可以说出来听听吗？"

　　宫原小姐不愧是专业的主播。非得把所有问题都强扯到青春的烦恼上，或许这才是这个出院Party的主题。不过十几岁的青春烦恼是能用三言两语就讲明白的呢？我觉得现在的媒体经常把马路杀手与重罪犯人的行凶动机归结为生活苦闷、自暴自弃等简单的理由，这就和盲人摸象一样太过片面。有了烦恼，就想跳楼，就想离家出走，事情哪有他们想象得那么简单。透过文字烧腾起的烟雾，我看见阿让那虚弱的笑脸。

　　"现在回想起来，就好像一场梦一般。当时为什么会跳楼，我自己也不明白。我觉得大难不死，未必就有后福。如果那时候从窗户跳下去没有跌到地面上，说不定至今我还处于下落状态，飘浮在空中。"

　　我在脑海中想象着那个古怪的画面，少年保持着自由落体的姿势在空中飘浮了整整两年。只要不死，他就会一直扮演小丑的角色，给旁人添乱吧。毕竟得了这么严重的病，他的性格却一点儿也没变，反而变得更加超脱随性。宫原主播一改刚才富有攻击性的提问方式，用极其严肃的口吻问阿大：

"大君你好。你父亲的事我已经从让君那里听说了。你拥有如此惨痛的回忆，对于让君又是怎么看的？有没有建议想对他说？"

主播话还没说完，阿大的脸色就变了。

"等等。阿让！这是什么意思？我老爹的事和你的纪录片有什么关系啊？"

阿大突然提高了嗓门，惹得一旁的大雅又哭了起来。夕菜一边哄着大雅，一边愤愤地瞪着主播。而摄影师却纹丝不动，架着摄像机锁定了阿大的正面。

我有些恍惚，回想起了两年前发生的事。阿大和他的弟弟把他们经常打人又喝得烂醉如泥的父亲抬到了家门口。时值深冬，室外非常寒冷，结果阿大的父亲到了第二天清晨就冻死了。只有我和阿润、直人知道，这件事给阿大带来多大的伤害。我很生气，于是便说：

"宫原小姐，你从刚才开始就一直在问一些戳伤我们内心、让我们感到尴尬的问题。你只有这些问题可问吗？难道你的目的就是做一档让人看得又苦又悲，然后流很多眼泪的节目吗？"

镜头一下对准了我，愤怒和害羞的心情油然而生。看来宫原主播反倒对我的责问产生了兴趣。

"我并不想单纯地赚取观众的眼泪，只是你们的表现让我有些失望。我没有看到你们的真实想法，因为你们不想直视痛苦和困惑，只想用虚情假意来敷衍这次拍摄。我说的没错吧？"

"向阳花"店堂内鸦雀无声，只有文字烧在铁板上吱吱作响。

"你们对让君实在客气过头了。到现在为止，我还没听到有人问过他生病的事。还有，今天是让君的出院Party，但我觉得你们对镜头的关心要高过对节目的主角让君的关心。这样肯定拍不出什么好的内容。我们制作这个节目的态度是很认真的，希望你们也尽力合作。"

阿润拿起一个汽水空瓶，缓缓地说：

"你们的态度有多认真，我很明白。但我不想在节目中看到有关阿大父亲的话题。如果你们不答应这个要求，我们立马走人，并且之前拍的也都作废。"

阿大那辆淡蓝色自行车，是他父亲生前为他订购的礼物。对于这件事，家庭法庭、儿童商谈所以及月岛警署都不知道。一个事件无论经过多么缜密的调查，总会有些内情不为人知。我们不应该忘记这点，有些问题不是仅凭一问一答就能判断出是非的。

这时候，阿让突然大声喊道：

"各位，气氛搞得这么僵，非常抱歉！我本以为现场会非常热闹。阿大，还有直人君，我不该提你们的事。我真没想到会变成这样……"

阿让坐在轮椅上，朝桌子深深地低下了脑袋。

"但我想拜托各位。就今天一天，你们一定要帮我这个忙。我知道自己无论怎么努力都无法成为大明星，无法实现自己的梦想。我或许会一病不起，就像今天，其实是忍耐着病痛来参加拍摄的。因此我才想在这个世界上留下点什么。我的确是个不懂察言观色的笨蛋，被人欺负也要坚持哗众取宠的小丑，但我想留下自己曾经存在过证明。拜托了！请你们帮助我！"

他抬起头时，已是泪流满面。大家都屏住了呼吸注视着阿让。宫原主播说：

"好吧，我会切掉大君的镜头。那么大家继续拍摄吧。但我有个问题想问你们，其实你们根本就不是让君的朋友吧？"

没有人回答这个问题。我的脑海中浮现出有关阿让的种种画面。和阿大比赛吃面包的阿让；在学校的楼梯上邀请我一起唱歌的阿让；穿着黑斗篷带着黑手套想让汤勺弯曲的阿让；从四楼的窗户跳下去，仿佛在空中漂浮的阿让。这些画面让我萌生出一种奇妙的自信。我对宫原小姐说：

"不，宫原小姐你错了。阿让是我们最好的朋友。"

"哇！"

门外突然响起了一阵哭声。透过半开的移门，我们看见阿让的母亲正在哭泣。她肯定是担心儿子的身体，才来探班的吧。摄影机在我和阿让之间交互拍摄，几条粗大的鼻涕挂在原播音委员的脸上，但他的表情却显露着喜悦。

"谢谢你，哲郎。谢谢大家。我哭得好渴啊，谁能给我一瓶汽水吗？"

阿大站了起来。

"让大叔给你斟一杯。阿让，想不到你小子挺有演戏的天分嘛。刚才那些台词一口气就说完了！"

阿润也拿了一瓶汽水过来。他朝宫原主播所在的方向瞥了一眼说：

"哲郎这小子不错吧。你们大人经常把真正的友情、一生的梦想、生存的意义之类的话挂在嘴边，其实都是虚的。今天在场的人和美味的文字烧要比这些话实在一百倍。"

我们用汽水干杯，把已经有点焦味文字烧一口气收拾得干干净净。经常吃文字烧的人肯定知道，其实文字烧要焦一点才好吃。

之后出院Party渐渐地热闹起来。在向阳花店里吃东西用不着一本正经，文字烧既便宜又好吃，桌边放满了透明的汽水空瓶。这一切都太完美了。就在拍摄结束后，大家在小巷里准备解散的时候，真帆在我耳边轻语：

"刚才那句话很符合你的作风，真是太帅了。别看你这个人平时闷闷的，却经常会说出让人心动的话来。"

我活了十六年，还是第一次有女生这么夸我。正秋在我耳边用他那中性的嗓音说：

"今天，我第一次碰到了和我同年并且拥有相同感受的人。回家的时候我要和一哉君到咖啡馆里好好聊聊。谢谢你今天叫上了我。"

我说有你们这些性格各异的临时演员来助阵，真是太好了。如果你们有好的发展，我这个无心插柳的媒人自然非常高兴。暮色渐深，但头顶的彩光设备却灯火通明。我们目送阿让的妈妈推着轮椅渐渐远去。阿让扭过身子向我们挥手道别。阿大带着哭腔说：

"那小子干吗把再见说得那么悲伤，反正还要再来的嘛。"

摄像机的镜头从远去的阿让身上转向阿大。这时候宫原主播插话道：

"好，就到这里。摄影结束。非常感谢各位的合作，辛苦了。今天的拍摄非常成功，尤其是你们四位。"

主播对我们四人说：

"如果你们想拍纪录片的话就和我联系。我们相信你们有很多故事。"

我们四个面面相觑，用欢呼声来回应主播的邀请。稍稍被表扬了一下就得意忘形，这可不像十六岁少年应有的矜持。

两周时间宛如一江春水，东流不返。

考试考完了，接下来只要等待春假来临就可以了。某天夜里，我的手机响了。屏幕上出现了一个我没见过的号码。我不想接，但响了半天也不见停，只能接通电话。

"喂喂，是哲郎君吗？"

原来是宫原主播，她的声音听上去非常焦急。

"你先冷静下来听我说。我打电话来是想告诉你，让君在今天下午病危了，估计挺不了多少时间了。"

宫原主播的这句话就像一道电流，让我拿着手机的手和右耳有种麻痹的感觉。病危？就是快死了的意思吗？

"他还有意识吗？"

"很轻微。"

"我们可以去医院探望他吗？"

宫原小姐叹了口气说：

"唉，我已经向让君的妈妈确认过了，如果你们能来的话，让君一定会很高兴的。"

事先向让君的母亲确认，那意思就是这部纪录片根本没有结束。

"我们想要拍到最后的最后。"

主播的声音明显降低了许多。

"这是我们的工作。之前已经和让君约好了，要毫不掩饰地拍完他的一生。"

说话间，我已经拿起了防风外套。

"阿让的病有那么严重吗？那么宫原小姐，还有伯母……难道阿让一开始就知道自己时日不多了？"

我穿好衣服，慌慌张张地冲出房间。跑到门口时，我捂住手机听筒对房间里的父母大喊：让君病危了，我去医院。说完就套上了运动鞋。宫原小姐在电话里继续说：

"让君全都知道。但他嘱咐我们不要说出这个秘密。也就在活动的第二天，他就倒下了，再也无法离开病床。"

笨蛋！笨蛋！笨蛋！都要死了还逞什么英雄啊！我说了一声知道了，就挂断了电话，旋即朝公寓楼下的停车场飞奔。我看电梯还停在一层，索性走逃生梯下楼，顺便把阿让病危的消息通知了阿大他们。

从接到电话算起，我只用了二十分钟就来到了病房。

但当我到达的时候，阿让已经停止了呼吸。他脸上挂着安详表情，躺在透明的帐篷里，闭着眼睛，长眠不醒。

我不知该向正在恸哭的伯母说什么才好，只能低着头表示哀悼。在这种时候，无论怎样的语言都会失去重力，四散纷飞。我摇摇晃晃地退出病房，坐在走廊的长椅上。阿润和直人几乎同时到达，他们在病房里呆了几分钟后，也退了出来坐在长椅上，面色苍白。三人的动作就像同一组镜头放了两遍。

阿大最后到的。他很早就要去筑地市场上班，我给他打电话的时候，他睡得正香。现在他就像头身穿卷袖睡衣、刚从冬眠中苏醒的熊似的，蜷缩在长椅上。从病房里传来伯母和亲戚们的哭声。直人低声说：

"这里已经没有我们能做的了，走吧。再待下去，我觉得有些可怕。真想不到阿让就这么走了。"

于是我们站起身来。他们三个都不想去，只能由我向阿让的妈妈告别。我站在门外对她说，那我们就不打扰了，并没有走进那间病房。直人说的没错，那个房间让人感到极度的恐惧。

之后我们就默不作声地推着自行车离开了医院。

　　春夜的空气就像朵温暖的蓝云一样，包裹着我们的身体。我们都推着车，没人想骑上去，因为我们觉得骑车带来的爽快感与死者离开人世时的凝重气氛不符。

　　也没人提议，三人无意识地走上了隅田川的堤防，来到河边的凉台上。这种时候，居然还有情侣在不远处的长椅上卿卿我我。河面上驳船正在朝灯火通明的东京湾驶去。

　　我们彼此分开一定的距离，坐在又宽又长的阶梯上。虽然想靠近一点，但又觉得互相挨着很不舒服。这时我说：

　　"阿让已经知道自己活不长了，上次在文字烧开的Party，恐怕是他的'告别会'。"

　　阿大挠挠脑袋，叫了起来：

　　"混蛋！既然这样为什么不早说啊！我们肯定会给他办一个比上次更豪华的聚会！"

　　阿润哼了一声说：

　　"你说得简单。如果真知道他要死了。大家肯定会紧张得一塌糊涂的。"

　　直人抱着身体，全身发抖。连他的声音也在发颤。

　　"我好怕。死了就什么也没有了。阿让那没人听得懂的冷笑话，还有他做DJ时古怪的腔调，和阿大进行的吃面包竞赛……凡是阿让会做的怪事全都没有了。到时候我也会和他一样，我们大家都会和他一样消失的。"

　　在场的人在目睹同年友人的遗体后，每个人的精神都大受打击。直人刚刚说的这番话就变得非常有说服力。我们感觉到死亡就像夜空一样覆盖着东京，迟早要把城里的人都吞噬殆尽。恐慌感压迫着胸腔。阿润在阶梯上躺下，说：

"虽然阿让是个不讨人喜欢的家伙，但他也有可爱之处。或许他性格如此吧，做什么都没成功却又很努力。他讲的笑话，莫名其妙；他唱的歌，五音不全。口才也谈不上优秀。即便如此，他还要拖着病体搞一个Party来为自己送行。真是个闲不住的家伙呀。"

阿润——列举着阿让的糗事，但他的声音却逐渐沙哑起来。看来毒舌小子也有伤感的时候，这让我很吃惊。紧接着阿大又高声喊道：

"常说人死后会变成天上的星星，现在阿让是货真价实的Star啦！"

我也在阶梯上躺下，抬头仰望星空。三分之一的天空被圣路加双塔大厦这座巨型光柱给挡住了，一颗星星也看不到。另外三分之二因为东京的夜晚非常明亮，所以也难觅星屑的踪影。十六岁死去，没有结婚也没有女友，甚至高中都还没毕业就要向世界挥手告别。没有工作也没有梦想，没有胜利也没有失败。十六岁死去的阿让，不得不放弃未来的一切。

"阿润说的那些都没错，但我觉得阿让是个很伟大的人。"

我的声音随着上升气流飘入天际，融入春季的夜空之中。直人耐不住便问道：

"为什么很伟大？"

"因为他已经知道自己没救了，于是他就放弃了家人，放弃了朋友，放弃了成为大人的机会，这不是一种很伟大的舍弃吗？就像这片天空那么伟大。"

我这么说的时候，真担心天空会不会掉下来。这一刻的天空仿佛承载着无尽的重量。阿大说：

"哇，天空。好可怕啊。"

"但阿让的心却要比这片天空还要伟大。放弃一切，接受现实，并且还在我们面前装出若无其事的样子。就算他没有幽默感，但我还是觉得他很伟大。"

直人的脸色恢复了红润，他看着我说：

"对，阿让干得好！"

阿润则笑道：

"哲郎，你不去传教真是可惜了。要不去你当老师感化学生吧。只要别当诈骗犯就行。每次我都对你说的话感到心悦诚服。但刚才直人那些话也没错。我觉得那些消失的要比留下的好，让人的印象更为深刻。"

直人不服地说：

"消失了，不就被人忘了吗？"

"忘了也好。我们四个待在的这段时间，以及在这段时间里所说的话，还有因阿让的死亡而从心底萌生的恐惧，让这些东西都消失掉吧。如此一来，那些消失的事件和经验除我们之外，就没有人知道了。"

　　阿大用手下意识地摩擦着阶梯上的防滑垫。他说：

　　"是吗，那要怎样去制造不想让人知道时间和经验呢？如果说这些经验是在和他人互动中产生的，那又该怎么处理？我的意思不是成功者或失败者那么复杂的经验。"

　　直人一脸不可思议地说。

　　"唉？阿大你这些话是什么意思？"

　　"我是说三年前，你应该没忘记我们送你那份大礼的事情吧？就是你和理香琳之间产生的经验。"

　　直人的脸红得就像信号灯一样，即便是晚上也看得清清楚楚。我对阿大说：

　　"那件事说出来好吗？"

　　阿大哈哈大笑，全身肉浪翻滚。

　　"没关系，这么久了，早就过期了。那天阿润把保持通话状态的手机藏在病床的下面，我们在外面窃听病房里的动静。"

　　"什么？那理香琳和我……"

　　阿润笑道：

　　"你们洗淋浴还有嘿咻嘿咻的声音我们这里可听得一清二楚。唉，别生气啦，那份大礼可花光了我们所有的压岁钱。"

　　直人伸掌打了一下阿大的肩膀，啪嗒一声，清脆响亮。阿润站起来，拍了拍屁股说：

　　"以后有秘密不能告诉这家伙，他就喜欢挖掘趣闻拿出来和人分享。不过一般人能像他这样把一个秘密藏三年就已经不错了。人活着就这点乐趣，不是吗？我们走吧。"

我们四个面朝护栏站在河岸上，蜿蜒的河川在护栏下缓缓流动。这条河对岸就是佃岛，一座座超高层建筑矗立在佃岛的水泥地上。阿大说：

"明天去给阿让守灵吧。"

"嗯，我去。"我说。

"要让他高高兴兴地离开这个世界。"

说着，阿润爬上阶梯。

"是啊，要办得热闹些，快活些。如果我死了，肯定要办个喜剧葬礼。"

说这话的是直人。这次轮到阿大给了他一掌。阿大掌力深厚，直人的背上肯定会留下枫叶形的红手印。

"几十年后的事，你这么早说干吗？还是来说守夜的事吧。"

自行车就停放在堤防上，夜色昏暗。我们只能一步一步往上走。但奇怪的是，每走一步台阶，我的心中就萌生出一股奇妙的坚信。阿让的一生并不短暂。上天赐予我们的时间无论长短，其实都是平等的。每个人总有一天要舍弃一切，跟这个世界道别。你是拼命反抗还是坦然接受，其实没有什么差别。这和你是强是弱，是年老还是年轻都没有关系。这就是我们生命的本质。

"这还是我第一次参加守夜呢。"

直人跨上他那辆碳素钢车架的高级山地车。

"没关系，想哭的话，大叔的胸口借给你靠。"

阿大跨上他父亲生前为他订购的淡蓝色自行车。

"哲郎，最后你没有什么想说的吗？"

我和阿润跨上同一个牌子的蓝色山地车。

"没有了。反正明天还要见面呢，到时候大家要哭个痛快，笑个痛快，来欢送我们的初中同学。但总有一天，我们会在某处和阿让重逢的。"

四人骑着四辆自行车，背朝水面，在堤防上轻快地飞驰。对岸的灯火倒映在隅田川上，摇曳着。行至佃大桥时，我们开始了例行的比赛。四人都没放水，四人却同时到达终点。

"再见。"

"回见。"

"明天见。"

"饿死咯。"

各人用各人的说法表达再见之意，我们在春日的夜晚朝四方散去。

6TEEN
by ISHIDA Ira
Copyright ⓒ 2009 ISHIDA Ira
Simplified Chinese Edition ⓒ 2010 Guangxi Normal University Press
All rights reserved.
Originally published in Japan by SHINCHOSHA Publishing Co.，Ltd.，Tokyo.
Chinese (in simplified character only) translation rights arranged with
SHINCHOSHA Publishing Co.，Ltd.，Japan
through THE SAKAI AGENCY and BARDON－CHINESE MEDIA AGENCY.

著作权合同登记图字:20－2010－270 号

图书在版编目(CIP)数据

十六岁 /（日）石田衣良著 ；王鹏帆译. —桂林:广西师范大学
出版社,2013.7
ISBN 978－7－5633－9778－5

Ⅰ. ①十. Ⅱ. ①石. ②王. Ⅲ. ①长篇小说—日
本—现代 Ⅳ. ①I313.45

中国版本图书馆 CIP 数据核字(2010)第 150240 号

广西师范大学出版社出版发行

（桂林市中华路 22 号　邮政编码:541001）
（网址:www.bbtpress.com　　　　　　　　　）
出版人:何林夏
全国新华书店经销
发行热线:010－64284815
北京燕泰美术制版印刷有限责任公司
（北京南苑西营房甲 5 号　邮政编码:100076）
开本:880mm×1230mm　1/32
印张:8.25　字数:90 千字
2010 年 10 月第 1 版　2013 年 7 月第 2 次印刷
定价:26.00 元

如发现印装质量问题,影响阅读,请与印刷厂联系调换。